de folhas que resistem

raïssa lettiére

de folhas que resistem

BIBLIOTECA AZUL

Copyright © 2021 by Raïssa Lettiére
Copyright © 2021 by Editora Globo s. a.

Todos os direitos reservados. Nenhuma parte desta edição pode ser utilizada ou reproduzida — em qualquer meio ou forma, seja mecânico ou eletrônico, fotocópia, gravação etc. — nem apropriada ou estocada em sistema de banco de dados sem a expressa autorização da editora.
Texto fixado conforme as regras do novo Acordo Ortográfico da Língua Portuguesa (Decreto Legislativo nº 54, de 1995).

Editor responsável: Lucas de Sena
Assistente editorial: Jaciara Lima
Preparação: Ronald Polito
Revisão: Lorenzo Tozzi Evola
Diagramação: Ilustrarte Design e Produção Editorial
Imagem e arte de capa: Mateus Valadares

cip-brasil. catalogação na publicação
sindicato nacional dos editores de livros, rj

L637d

    Lettiére, Raïssa
        De folhas que resistem / Raïssa Lettiére. - 1. ed. - Rio de Janeiro: Biblioteca Azul, 2021.
        144 p. ; 21 cm.

        ISBN 978-65-5830-137-0

        1. Contos brasileiros. I. Título.

21-72969
                                            cdd: 869.3
                                            cdu: 82-34(81)

Meri Gleice Rodrigues de Souza - Bibliotecária - CRB-7/6439

1ª edição, 2021

Direitos de edição em língua portuguesa para o Brasil adquiridos por Editora Globo s.a.
Rua Marquês de Pombal, 25 – 20230-240 – Rio de Janeiro – rj
www.globolivros.com.br

Para meus pais Regis e Maïsa,
por ramificarem.
Para meus filhos Ana Carolina e Bruno Augusto,
por enraizarem e expandirem.
Para meu marido Murilo,
por sempre apreciar as folhas em nossas árvores.
Sim, elas resistem.

> *E todas as vidas que já vivemos*
> *E todas as vidas que viveremos*
> *Estão repletas de árvores e folhas cambiantes.*
> CHARLES ELTON, "LURIANA LURILEE"

No início Deus criou todas as coisas, inclusive o Paraíso,
e colocou uma árvore no centro.
Passado um tempo, as folhas caíram.
Apenas uma resistiu.
A ser escrita.
Perdoai-me, Senhor, por ser livre!

Sumário

Prefácio — O princípio da resistência, *José Castello* 11

Cruz com laço de fita vermelha.................................. 17
Como escamas vestidas de peixa 23
Globo ocular... 29
O sótão só 37
Epifania... 47
Terra prometida 51
O cordeiro 57
B. & M.. 63
Ela sem telhado 65
Solange Soledad 69
Resistência 77
Pedra derradeira.. 83
A lápide 89
Existe alguém neste olhar? 93
M. e a cebola... 97
Premeditado posmeditado 103
O topo 105
O trampolim 109

Salix babylonica..115
C ao quadrado...121
Ele Morgan, ela Vivian..129

Agradecimentos..139

Prefácio
O princípio da resistência

É UM SENTIMENTO GERAL: o mundo mergulhou em uma estranha escuridão. A realidade se torna, a cada dia, mais opaca e incompreensível. Raros focos de luminosidade resistem em meio às trevas, como restos de uma lucidez que já não conseguimos manobrar e que, talvez, até não tenhamos mais o direito de ter. Resistência se tornou a palavra-chave para compreender o presente. Uma ideia-chave para qualquer estratégia de sobrevivência. É nessa atmosfera turva, e também para nos trazer fôlego em meio a tanto mal-estar, que surge *De folhas que resistem*, livro de contos de Raïssa Lettiére. Resistir é teimar em compreender. É insistir quando tudo em torno se mostra desfigurado. É perseverar em um cenário no qual a maioria se fecha e se resigna. A resistência — que Raïssa sintetiza em delicadas folhas — é a chave para entender nosso mundo.

"O inacreditável é que o homem continue lutando e criando beleza, em meio a um mundo bárbaro e hostil", escreveu o argentino Ernesto Sabato em *A resistência*, livro de 2000. "Há uma maneira de contribuir com a proteção da humanidade: é não resignar-se", disse ainda. Raïssa Lettiére traz esse espírito de resistência para dentro de sua ficção. E envolve o leitor nisso: ele se torna seu comparsa. Estamos acostumados às trapaças do realismo — que se perverte e se multiplica em nossa sociedade *fake*. Parecer verdade, trazer a impressão de verdade, simular a verdade nada diz a respeito da verdade: e é esse, desde o século XIX, o grande engano da estética realista (o qual os melhores escritores corroeram por dentro). Tomemos Fiódor Dostoiévski, um típico autor do XIX, o século maior do realismo russo. Fiquemos com um de seus grandes romances, embora o menos celebrado: *O adolescente*, de 1875, seu penúltimo grande romance, anterior apenas a *Os irmãos Karamazov*, de 1879. Em dado momento, o protagonista Arkadi reflete: "No mundo, as forças são muito diferentes, sobretudo as forças da vontade e do desejo. Há a temperatura de ebulição da água e a temperatura da rubra incandescência do ferro". A todo momento, o jovem Arkadi — apesar de lutar por um objetivo prático: enriquecer — esbarra na instabilidade e na intranquilidade do real. Já no grande século do realismo, seus principais escritores — realistas — nos defrontam, como faz Dostoiévski, com a falta de solidez da realidade. Se a realidade se caracteriza por alguma coisa, não é pela lisura e pela firmeza, mas pela complexidade e pelo caos.

Raïssa Lettiére sabe de tudo isso e escreve seus relatos pela perspectiva de quem relata, sim, com determinação, mas também suspeita, todo o tempo, do que escreve. Seus narradores veem, mas não veem. Seus personagens são, mas não são. O leitor que se previna e não se entregue de braços abertos. O leitor que se cuide. Não é uma escrita explicativa ou que trabalhe em espelho. É como se observássemos a realidade através de uma bola de cristal, que traz mais perguntas, distorções e enigmas do que respostas prontas. Nesse caso, Raïssa faz uma opção determinada pelo mínimo e pelo sutil. Em "Cruz com laço de fita vermelha", questiona a narradora: "Era esse enigma uma afirmação de que a unidade só é alcançada na morte?" E prossegue: "Fiquei perturbada por novamente ter deparado com problemas para os quais nunca encontro uma saída". É de um mundo sem saída que Raïssa, quase sempre, trata. Um mundo afundado no abismo, no qual só algumas delicadas e teimosas folhas conseguem resistir.

Volto à questão do realismo que Raïssa, mesmo sem teorizar e apenas com suas armas de ficcionista, enfrenta com grande coragem. Hoje, por influência da TV e da web, tão em moda, o realismo se propõe a copiar, ponto a ponto, a superfície do mundo. Um mundo que seria plano, estável, todo ele visível, nítido. Quase como o planeta achatado dos terraplanistas. Mas como copiar (como escrever) uma realidade dispersa e caótica, em que os fatos afundam e se misturam, uma realidade sem consistência e sem nitidez? É só através da turvação, que é também encobrimento e distorção, que o real enfim se mostra. Assim escreve Raïssa Lettiére: ela nos traz um mundo enviesado, não linear, às vezes até incongruente, um mundo composto não de figuras, mas de derramamento e de desfiguração, exatamente como nosso mundo humano. Um planeta de homens em eterna expansão, costurados em paradoxos, que rejeitam a ideia do definitivo.

No belo "Solange Soledad", a narradora aos poucos constata que a ordem das coisas está invertida. Quem é a fraca e quem é a forte? Mas tal inversão está longe de ser, ela também, uma solução, pois as pessoas e as coisas não são, nunca, como queremos. O conto termina por ser uma inspirada reflexão sobre as máscaras e os papéis que nos são destinados. Em outro conto que trabalha com o duplo, "Ele Morgan, ela Vivian", a mãe — dada a excentricidades e a percepções extrassensoriais — constata, um tanto perplexa: "Ouvi dizer que é em momentos de distração que a vida se revela. E eu tenho sido tão pouco distraída..." A escrita de Raïssa trabalha com (exige) a atenção do leitor, mas também com os descuidos e lapsos de quem lê. Trabalha, assim, com os extremos do ser.

Acreditar na realidade é, de certa forma, acreditar numa magia. Acreditar no feitiço da completude e da perfeição. É a essa crença que Raïssa não se submete. É contra ela que escreve. Com as armas da ficção, o escritor se parece um pouco com o protagonista de "Epifania", para quem "algo obscuro está encerrado nessa palavra [...], e ele foi designado para decifrar esse mistério". Só que, enquanto o personagem acredita que poderá decifrá-lo, Raïssa — como escritora ciente de si — sabe que tudo o que lhe resta é rondar o enigma, desenhá-lo, desafiá-lo, sem porém nunca nele penetrar. A literatura é, em última instância, um enfrentamento, ainda que uma luta ciente de seu insucesso. Ao fim da escrita, tudo o que resta ao escritor são as folhas — de papel, ou as páginas luminosas do computador — que, apesar de tudo, resistem. Essa resistência é sua própria escrita. Como sugere o personagem de "A lápide" que, sonhando estar em um cemitério — lugar onde predomina o silêncio definitivo —, lê em um túmulo: "Tudo aquilo que não se enfrenta em vida acaba se tornando seu destino". Raïssa Lettiére é uma escritora que enfrenta seus monstros, mesmo sabendo que, ao fim, o enigma que eles representam não se abrirá.

"A lápide" é mais um relato em que a arte da ficção se apresenta como a ronda de um enigma. Ao fim, real e sonho estão sempre misturados e, nesse aspecto, o escritor não é um separador, mas um editor — alguém que maneja e lida com essa fronteira despedaçada. Também em "C ao quadrado", o professor Castilho supõe que todo o mistério da existência pode ser capturado por uma equação. No caso, $E = mc^2$ — a célebre equação desenvolvida por Albert Einstein. Aos poucos compreende que a fórmula, embora impecável, "não facilitava sua vida". Melhor do que ele, a mulher sem nome que protagoniza "Ela sem telhado" chega a uma sentença muito mais simples e devastadora: "O tempo se faz quando o tempo se faz".

Outro tema importante nos relatos de Raïssa — outra forma de resistir — é o da solidão, que aparece com força em "M. e a cebola". A escrita sincopada, o ritmo próprio, a maneira enviesada de observar o mundo, com a estridência e o desamparo que produzem no espírito do leitor, só reforçam os pensamentos de M.: "A solidão é fera; a solidão devora". Existirá experiência mais radical de solidão que a leitura de ficção? Enquanto lê, você está sozinho; tudo se passa só entre a escrita e a mente; mesmo que você deseje explicar ou resumir o que leu, todo esforço será insuficiente. Há um miolo invisível — como o coração das cebolas — de que só nos aproximamos quando contamos apenas conosco. E o mais trágico: isto, a luta pela posse de si, também não basta.

Os contos de Raïssa, além do mais, são recortes muito bruscos do real; são estilhaços, por isso cada leitor deve buscar a própria maneira de neles penetrar, com o mesmo cuidado com que se manipula uma cerâmica quebrada. São pedaços do real, muito arbitrários e singulares, que desafiam a mente de quem lê. Não são fáceis, mas são tentadores. Radicalizam a ideia da ficção como forma de interrogação.

Exigem do leitor coragem e ruptura com os próprios padrões — tudo o que Júlio, o personagem de "O trampolim", não consegue em relação ao amigo de escola Marco Caio. Júlio se pergunta o que teria sido de sua vida se, na escola, menino inseguro, não tivesse escolhido um lugar na última fila da sala, logo ao lado de Marco. Contudo a timidez o venceu, e ali, pelas letras enigmáticas do acaso, seu destino começou a ser escrito. "Júlio não sabia de coisas. Júlio não sabia das coisas. Júlio não sabia quem era Júlio." Ainda menino reproduz a posição do escritor que, a princípio sem muita consciência do que faz, se deixa engolfar por uma narrativa que desconhece e, assim, traça seu caminho na escuridão. Desabafa: "Aos seis anos, abandonei a vida que deveria ter sido... A minha vida que não foi deixou de existir..."

A ficção, além de tudo, nos protege do gelo em que a rotina nos conserva. Ela nos devolve a nós mesmos, já que a máquina do mundo, com suas repetições e desgastes, despersonaliza e esvazia. Também as palavras, como folhas, resistem. Está dito em "Existe alguém neste olhar?", um relato sobre a falta de acesso que temos não só uns aos outros, mas também a nós mesmos: "Entendi que você se via dominada por um destino que a forçava a abandonar quem era para se tornar quem nunca fora". E, mais à frente: "Entendi nesse dia que já não existe ninguém por trás dos seus olhos". Quando tudo se descarrega e se esvanece, só a fantasia — a ficção — permanece como apoio. Por isso, como Raïssa Lettiére nos mostra, escrever ficção é não apenas uma forma de resistir, mas também de existir.

José Castello

Cruz com laço de fita vermelha

Logo depois da segunda curva, à esquerda você encontrará uma cruz de madeira escura e, no centro dela, uma fita de cetim vermelho, amarrada como um laço de presente. Eu mesma a coloquei lá, assim que terminei de narrar ao juiz aquela loucura, ou melhor, os fatos trágicos que envolveram as irmãs Lupo. Foi assim que tentei simbolizar um fim a todo aquele pesadelo. Nesse dia, receando ser pega por memórias confusas, prossegui pela estrada e nem sequer virei o rosto em direção à casa dos Lupo, onde certamente havia uma placa de vende-se ou madeiras lacrando a entrada. Caminhei rapidamente e aos poucos fui diminuindo o ritmo até alcançar a cruz.

Na infância, fui muito ligada a Emília, a única das irmãs que julguei conhecer e decifrar. Mas a vida é mais sinuosa do que qualquer estradinha de subúrbio, principalmente se essa estrada passa em frente a uma casa abandonada, com flores mortas no jardim e folhas ressequidas espalhadas na calçada. Soube, meses atrás, que a mãe das irmãs Lupo, para encerrar a celeuma em torno da família e não se contagiar com toda a insanidade que a cercava, plantou aquela cruz, com uma placa no centro, e depois fugiu sem deixar pistas — para muito longe delas, penso eu.

A distância, a cruz parece um ser humano de braços estendidos, pedindo socorro, apoiado numa única perna, extensão da cabeça ereta. Na placa, três palavras em letras trêmulas, como se na pressa da fuga a mãe quisesse apenas registrar o enigma em que vivera: "como ser uno". Era esse enigma uma afirmação de que a unidade só é alcançada na morte? Ou uma questão a ser decifrada? Fiquei perturbada por novamente ter deparado com problemas para os quais nunca encontro uma saída, e minha raiva por você percorreu labirintos que hoje julgamos conhecer, embora ainda não tenhamos achado uma porta segura. Por isso criei coragem e decidi extravasar meus sentimentos obscuros nesta carta. Você, covarde e apática, com certeza soube da notícia pelos jornais locais ou ouviu comentários na rua, nas lojas, nos escritórios, mas não manifestou, em nenhum momento, apoio a mim, sempre tão próxima que acabei me envolvendo nessa história cheia de ambiguidades. Você, entre todas, era a única com a qual eu contava para sair deste cubículo sórdido, mas optou por não se envolver e se manteve distante de mim ao longo de todo o processo.

Hoje finalmente consegui papel e lápis e, unindo os pontos das histórias do nosso passado, posso agora identificar alguns detalhes; espero que sem subterfúgios. A mente mente, você diria. Mas vou além: a vida desmente. Experimentando a solidão mental pela primeira vez, tento desmentir para mim mesma o que sempre acreditei a respeito das irmãs. No entanto, você verá que fomos enganadas em inúmeras ocasiões.

Emília se tornou real para mim quando a percebi sentada sozinha no banco embaixo da árvore gigantesca, no pátio da escola. Ela era a mais reservada entre nós e, aos poucos, foi permitindo um contato mais próximo, apenas comigo. A irmã, Maria, sofria de algum transtorno mental e era internada esporadicamente. Quando isso ocorria, Emília desaparecia das aulas por dias seguidos. Imaginando que sua última semana de falta havia sido em decorrência disso, busquei algum tipo de conversa quando ela reapareceu, até que me confessou o que Maria havia feito.

Dias antes, sua gata tinha dado à luz cinco filhotinhos lindos, todos branquinhos e de olhos claros, que miavam muito mais do que se podia esperar de uma ninhada de gatos. Sua mãe acordou de madrugada com o barulho dos filhotes e, desconfiada de que a gata não tinha leite suficiente, foi até a cozinha e encontrou a tigela vazia. Dentro dela, um laço de fita vermelha cuidadosamente arranjado. Algumas noites depois, já acostumada a acordar com os miados noturnos, estranhou o silêncio da casa. Acendeu a luz da cozinha e encontrou os cinco gatinhos afogados na tigela de leite. No pescoço de cada um deles, um laço de fita vermelha. Foi ao quarto da filha e viu Maria dormindo com restos da mesma fita esparramados sobre a cabeça e no travesseiro, formando uma perfeita coroa vermelha.

Essa história poderia ter me assustado, mas despertou em mim uma curiosidade investigativa quando, dias depois, Emília apareceu na escola com uma boneca embrulhada numa coberta infantil, dizendo que era da irmã mas que nós podíamos brincar com ela, já que Maria ainda não havia retornado do sanatório. Ao abrir a coberta, vi uma boneca muito bem-vestida, mas com um olho só e, na cabeça, um laço de fita vermelha meio bagunçado. No lugar de mostrar espanto, busquei saber o que havia acontecido com o olho da boneca. Para algumas perguntas eu conseguia respostas; para a maioria, silêncio absoluto — éramos ainda muito inocentes.

A partir desse dia, um pacto secreto se formou entre nós. Sempre aparecíamos na escola com alguma fitinha vermelha presa a um dos objetos que carregávamos, ou desenhada na capa do caderno, às vezes em forma de um brochezinho discreto, ou, para provar a nós mesmas nossa extravagância, um laço vermelho enorme na cabeça. Um dia consegui umas folhas de decalque cheias de fitas coloridas, pegamos apenas as vermelhas e colamos nos cadernos com mensagens de amizade eterna. Havia também um código entre nós que sinalizava quando Maria não estava bem. Nesses dias, Emília aparecia na escola com um laço de fita vermelha pregado na camiseta, ao lado do coração.

Nossa amizade se estreitava, sempre cheia de segredos, até o dia em que Emília foi à escola empurrando uma bicicleta, provavelmente de Maria, já que tinha uma fita vermelha presa na manopla esquerda. Alguém se aproximou dela e perguntou por que não andava na bicicleta, em vez de empurrar, e Emília respondeu que não sabia pedalar. Todos caíram na gargalhada com a excentricidade da garota, e Emília, impassível, disse que podia emprestá-la a quem quisesse dar uma volta. Um menino, o mais audacioso de todos, subiu na bicicleta e deixou dois dentes no meio-fio, quando a roda da frente se desprendeu poucas pedaladas depois.

Após tentar desfazer muitos nós vermelhos ao longo da nossa convivência, fui aos poucos me aproximando da ponta que poderia desvencilhar o emaranhado que a relação com Emília vinha provocando em minha vida. Tomei maior consciência do problema no dia em que ela sugeriu que fôssemos ajudar Audacioso, que tinha dificuldade com cálculos e teoremas e não estava preparado para o teste final. A certa altura ela tirou dois sanduíches da mochila. Fez menção de abrir o sanduíche embrulhado num guardanapo branco com mais um dos infalíveis laços vermelhos, mas deu uma piscada de olho e considerou que seria melhor honrar o anfitrião com aquela delicadeza, oferecendo-lhe o lanche. Audacioso agradeceu e percebi uma agitação discreta em Emília, uma respiração um pouco mais ofegante e os dedos ansiosos batendo sobre a mesa. Após duas mordidas no sanduíche, Audacioso começou a tossir desesperadamente. Uma cor vermelha se espalhou pelo seu rosto e seus olhos escureceram. Emília não se moveu — também fiquei paralisada — até que a mãe do Audacioso apareceu correndo, tomando o garoto nos braços, enquanto suplicava que Emília chamasse uma ambulância. Audacioso só foi aparecer na escola uma semana depois. Como era de esperar, falhou no exame final.

Depois desse episódio, intuitivamente comecei a me afastar de Emília. Ela tentou me atrair para alguns jogos que estávamos acostumadas a inventar, mas fui ficando receosa de sua companhia, e algum tipo de lucidez me fez entender que, para manter certa integridade, seria melhor me dissociar dela. Emília se retraiu e não manifestou nenhum gesto de aproximação.

Optei por estudar jornalismo e seguir uma carreira sem muita ostentação num jornal da nossa cidade. Raras vezes identificava Emília próxima de mim, caminhando pelas ruas, ou deparava com ela em alguma loja ou lanchonete que frequentava com amigos. Em alguns momentos, tinha uma vaga sensação de que Emília me perseguia ou observava de longe, mas isso jamais me perturbou. Julgava que toda a situação que nos envolveu na infância estaria sob controle se eu ficasse distante. Mas espaço é um substantivo que não é palpável na vida real, e ele pode ser rompido, ou melhor, reinterpretado em qualquer momento de distração. Que medida se faz possível para determinar o espaço entre os olhos que leem e um texto de jornal de bairro se, ao ler o texto, ele já está impresso na mente? Sem respostas para questões que não deveriam jamais ser feitas, soube do assassinato da empregada dos Lupo, encontrada sem o dedo indicador da mão direita — veja só você! Ele estava no congelador da casa da família, com o fiel laço de fita vermelha amarrado no meio.

Ao acabar de ler o artigo publicado em nosso jornal, levantei os olhos e vi o oficial de justiça entrar na redação à procura de uma tal de Maria Emília. Após uma confusão enorme entre os colegas, ele caminhou em minha direção, e eu, na tentativa desastrada de escapulir pela porta lateral, tropecei em uma caixa e bati a nuca no canto de uma das mesas. Levaram-me ao hospital, onde fui minuciosamente avaliada e tive minha sanidade averiguada, porque minha cabeça doía e minhas frases não faziam sentido. Dias de calmantes, exames e tratamentos trouxeram lucidez suficiente para que no interrogatório, diante do juiz, eu pudesse, além de Maria e Emília, acusar você, que ainda está livre, mas não impune dos crimes que nós quatro cometemos. A cruz, legada por nossa mãe, como você bem sabe, Marília, tem quatro hastes e apenas um núcleo, que se encontra ainda perturbado pela ausência de resposta ao enigma que nossa mãe não conseguiu decifrar: "como ser uno".

Como escamas vestidas de peixa

CHEGARAM DA ESCOLA COM olhos esbugalhados em saquinhos de água. O menino largou seu embrulho com dois peixinhos cinzentos sobre a pia da cozinha, tampando o furo por onde saía um filete da pouca água das criaturas. A menina suplicou à mãe que encontrasse um aquário para seu peixe de mancha vermelho-neon no peito e pontinhos dourados espalhados nas costas. A mãe olhou para aquelas três escamas que invadiram sua cozinha na hora do almoço e tentou conceber a lógica produzida no colégio: duas criaturas pequenas e sem graça equivalem a uma exuberante. Abriu a porta do armário e procurou uma vasilha funda no meio da louça bagunçada. Nada servia. Resolveu então tirar a macarronada do pirex de vidro transparente sobre a mesa posta para o almoço. Lavou-o e encheu-o de água, cortou os saquinhos com uma tesoura e depositou os peixes dentro do pirex, onde ficaram inertes e desorientados por alguns segundos. Como para evoluir é preciso, antes de mais nada, sobreviver, as guelras começaram a se movimentar ritmadas e eles saíram nadando. Quer dizer, não saíram (ainda), apenas nadaram (por enquanto).

A mãe não se lembrou em nenhum momento, ao longo do dia, de que as três criaturas precisavam ser alimentadas. Havia equiparado aqueles seres a algumas cobaias inúteis que a escola dos filhos andava descartando. Naquela noite, a menina acordou maternal e suplicou à mãe que desse algum tipo de comida aos peixes. Sonolentas, foram à cozinha e vasculharam panelas e armários em busca de restos. Encontraram pão seco e o esmigalharam sobre a água da vasilha. Essa medida paliativa não produziu o resultado esperado, pois, na manhã seguinte, mãe e filha encontraram um dos cinzentos repousando, morto, fora da vasilha. O menino, ao perceber agitação na cozinha, desceu correndo as escadas e, antes que as duas começassem a gritar, se precipitou em direção à mesa e pegou o peixe pelo rabo, balançando-o e correndo atrás da irmã pela sala de visitas. Mãe e filha berraram, conforme previsto.

A mãe passou o dia refletindo sobre as hipóteses do que levara o ser cinzento a óbito. O argumento que encontrou para justificar a morte do peixe foi que ele era assim... sem vida. Isso era inquestionável. Seguiu refletindo sobre os mistérios contidos naquele objeto chamado pirex. Concluiu que mistérios são largos e profundos demais para uma vasilha rasa e decidiu passar no supermercado para comprar uma maior. Aproveitou para acrescentar farinha de rosca à lista, para substituir o pão seco.

Na manhã seguinte acordou com gritos desesperados vindos da cozinha. Desceu as escadas correndo, seguida pelo filho, e encontrou a menina descabelada, berrando com o olhar fixo no cadáver do outro cinzento, estendido ao lado do novo pirex redondo, tamanho G. A mãe então tentou calar a filha que gritou com a mãe que gritou com a filha que gritou com o menino que berrou com as duas, pegando, em seguida, o peixe pelo rabo. À tarde, entre pensamentos, elucubrações e conclusões, a mãe buscou compreender a causa das mortes piscianas em sua cozinha: suicídio?! Sem evidências aparentes, deduziu que o pirex precisava de plantas que o decorassem e purificassem o oxigênio da água, eliminando as toxinas e criando um ambiente perfeito para o peixe restante. Acabou encontrando no freezer cheiro-verde congelado.

Passou o dia analisando as possibilidades do que levara aqueles dois a saltarem para a morte. Sua mente apresentava hipóteses, mas não se apegava a nenhuma. O silêncio da dúvida se arrastou ao longo da tarde, enquanto olhava os movimentos circulares do peixe com mancha vermelho-neon nadando freneticamente na vasilha. Hipnotizada, não se lembrou de pegar os filhos na natação, mas notou quando chegaram. O menino ficou furioso com a mãe que não respondeu, depois ele xingou a menina que chorou que puxou o cabelo do menino que fez a menina chorar mais alto o que levou o menino a palavrões piores o que levou a menina a berrar manhêêêêêê o que levou a mãe dessa vez a responder fugiiiiiiiiii (mas ficou) o que a fez na sequência gritar castigo de qualquer coisa, porque não sabia mais que castigo dar aos filhos, enraivecidos, trancados cada um em seu quarto, gritando e batendo na porta e nas paredes que não cediam.

Exausta, em meio à bagunça, a mãe lembrou-se do ser em sua cozinha e da nova decoração na vasilha. Imaginou o tempero-planta espalhado na base do pirex, enfeitando e, principalmente, oxigenando o ambiente tóxico. Assim que entrou na cozinha, notou que sua preocupação havia sido inútil — a vasilha estava agora cheia de peixes minúsculos nadando desorientados em torno de um peixe frenético de mancha vermelho-neon, que se lançava contra o vidro do recipiente, ora à esquerda, ora à direita, dando sinais de suicídio iminente.

Foi então que mergulhei naquele universo aquático, levando comigo recursos que julgava suficientes para salvar a peixa e seus filhotes. A água estava densa, salpicada de farelos de farinha de rosca, que penetravam em minhas narinas e olhos. Esforcei-me para que o oxigênio entrasse nos pulmões, mas isso exigia uma manobra que ia além das minhas capacidades. Comecei a nadar lentamente, buscando uma sincronia com o balanço da água, provocado pelo movimento circular dos peixes, e percebi uma tensão maior do lado esquerdo da vasilha. Era a peixa que me olhava angustiada, sem piscar, atraindo-me para junto dela. Vidro e água por toda parte. Já não era possível distinguir um do outro. A transparência que me cercava era turva, e a densidade, claustrofóbica. Sempre estranhei o fato de que, quando nos sentimos sozinhos, buscamos nos aproximar de seres enigmáticos. E a peixa continuava a me olhar fixamente, atraindo-me para seus movimentos ritmados, que eu tentava acompanhar em vão com minhas barbatanas. Devolvi seu olhar e também, sem piscar, compreendi. A vida se expandira dentro dela e não haveria mais espaço para machos medíocres circulando incessantemente o habitat matriarcal após a chegada dos filhos. Momentos felizes foram sucedidos por horas de desespero que as guelras tentavam filtrar para que a solidão não se alojasse. Porém, quando à noite a luz se apagava, interrompendo a iluminação refletida na água, tudo ficava mais embaçado. Vagava desesperadamente de um lado para o outro, batendo a cabeça, respirando com dificuldade, só, inchada. Até o momento em que, da explosão do ventre, nasceram os filhos — e tudo se fez novo.

Mas o encantamento inicial, aquela nova sensação de ser imprescindível, foi substituído pelo desejo de se desnudar das escamas. A liberdade, dominada pela rotina circular daquele ambiente sufocante, ficou preterida em nome deste vidro, desta água tóxica, das escamas e dos corpinhos com olhos enormes exigindo, exigindo, exigindo.

Após a briga pelo banho o jantar sem tempero as aulas para o menino a lição de casa da menina a brincadeira agitada na sala o livro tolo de histórias para crianças, a mãe se recostou no travesseiro e dormiu de olhos abertos, desatentos. Sobreviveu à manhã seguinte, até o momento em que se defrontou com vários olhinhos sobre a mesa da cozinha. Todos eles atirados para fora da vasilha da peixa de mancha vermelho-neon que, desafiante, a olhava. A mãe se desesperou. Suplicou uma explicação, um entendimento, uma justificativa que desse sentido àquele ato terrorista praticado contra os próprios filhos. Até aquele momento buscara respeitar as atitudes da peixa, compreendera cada uma delas. Mas jamais imaginou que o ser em seu estado bruto fosse capaz de cometer tamanha atrocidade. Não eram elas idênticas? Não haviam no dia anterior nadado juntas, sincronizando seus movimentos circulares, enquanto suas barbatanas se tocavam e as guelras expiravam e inspiravam a mesma água? Como essa peixa podia estar agora exigindo dela tamanho sacrifício?

Chorou a manhã toda. No almoço não foi capaz de olhar os filhos, de lhes dirigir uma palavra sequer. As crianças, percebendo a estranheza nos gestos, no olhar, no cabelo despenteado, decidiram por bem respeitar a novidade, enquanto a mãe vivenciava horas de apreensão, ensaiando entrar na cozinha para deparar com a imagem dominante da peixa. Ambas passaram a tarde separadas, sozinhas em seu universo, definhando a cada respiração curta, em busca de oxigênio em um habitat inóspito. A mãe despertou de sua solidão com os gritos apavorados do menino vindos da cozinha. Encontrou-o tremendo, abraçado à menina, olhando para aquela peixa de mancha vermelho-neon estirada sobre a mesa. Encheu-se de coragem e contemplou o ser imobilizado. Inspirou profundamente o oxigênio da cozinha, piscou várias vezes, enquanto alisava a pele do rosto e do pescoço. Em seguida liberou os braços para consolar os filhos. Para ela, os mistérios de um universo inatingível deixaram de ter importância. Pegou pelo rabo aquelas escamas vestidas de peixa, mirou os olhos vidrados da criatura inerte dependurada de seus dedos e imaginou se haveria algo além para um ser como aquele, que havia mergulhado na realidade de uma cozinha, em uma casa como a sua. Jogou-a no lixo.

No fim do dia chamou os filhos para jantar. Da vasilha de vidro tamanho G, serviu colheradas fartas do seu macarrão com molho napolitano.

Globo ocular

Foi quando examinei sua pupila que percebi a intensidade do que nunca nos dissemos. Já penetrei esse corredor escuro e caótico inúmeras vezes, seguindo o percurso da luz que atravessa o cristalino em direção à retina, onde as imagens ficam de cabeça para baixo, onde o mundo planta bananeira — é o que dizem — embora até o momento não tenha visto minha imagem projetada dessa forma no fundo do olho de nenhum dos meus pacientes. Poderia ser cômico encontrar-me invertida, se não fosse terrivelmente triste e solitário esse caminho, pavimentado desde a pré-história da humanidade, desde o meu berço.

Ela está sentada à minha frente, imóvel, com a mente ambígua, conhecendo e desconhecendo meu consultório mais uma vez, minha pessoa mais uma vez. Ignora que passei a vida buscando uma fresta para penetrar seu mundo e compreender melhor seu pensamento tão distraído de mim, tão ausente e distante, como o fantasma que vaga pelos meus sonhos sem me amedrontar, causando apenas o desconforto de não saber o que esperar daquele espectro. Deve ter sido difícil para ela vir à clínica hoje para o exame. Descer do carro amparada pelo meu pai, entrar pela porta de um prédio que não reconhecia e caminhar pelos corredores brancos, com placas dependuradas. Por que as portas estão sempre fechadas ou, quando abertas, surgem pessoas agitadas, que passam e desaparecem?, ela deve ter pensado, em sua recente incompreensão, enquanto aguardava na sala. Dentro do consultório meu coração acelera. Ela entraria, passaria por mim, altiva em sua submissão controladora, com um gentil bom-dia, doutora, e se sentaria para a próxima consulta de uma vida. Traria seu colar de pérolas em volta do pescoço, lábios pintados, cabelos brancos puxados na nuca e olhar fixo — em mim? A família nunca a percebeu em seu silêncio e disciplina, mas seu olhar sempre nos perseguia pelos cômodos onde luz e sombra disputavam o campo visual, distorcendo as imagens, provocando enganos entre sentimentos e formas ao longo dos anos. O silêncio desabando sobre pessoas indefesas, que apalpavam o vazio na escuridão em busca de um fósforo.

Não considero fazer as perguntas iniciais de uma consulta trivial. De que adiantariam? Preciso acomodá-la na cadeira de exame, endireitar sua cabeça, fixá-la com o queixo apoiado e pedir que mantenha os olhos bem abertos enquanto verifico se seu grau de miopia aumentou. Ela, que criticaria meu consultório escuro, que perguntaria desesperada pelo marido na sala de espera, que faria pouco-caso das minhas respostas secas, que censuraria mais uma vez minha roupa e maquiagem, está sentada inocente diante de mim. As pessoas não imaginam a dimensão de sua incoerência quando olham através das minhas lentes positivas e negativas para definir se enxergam as letras projetadas na parede. É o momento mais divertido da consulta, há o embaraço, as respostas desconexas, a troca rápida de lentes para confundir e o agora sim, o agora não, o nem tanto, com o direito fica mais difícil, posso ver mais uma vez com a outra lente?, a de antes estava melhor, não sei, doutora. Mas eu sei. Sei que sua miopia está lá, instalada em grau elevado. Previsível.

Ajeito novamente seu queixo e testa e peço que seja obediente ao que digo e não feche os olhos desta vez. Explico para o vazio que vou examinar sua córnea, cristalino e íris, buscando encontrar alguma outra doença em sua idade avançada. Apago a luz. Enquanto aproximo a lâmpada de fenda, peço uma vez, duas vezes, três vezes, ordeno que mantenha as pálpebras abertas. Percorro a superfície ocular de inúmeras maneiras, a luz obedecendo a meu movimento, mas não encontro lágrimas acumuladas pelo tempo. Assim mesmo o terreno é escorregadio. Muitos problemas de vista se fixam nessa região e há tratamentos diversos para aquilo que se encontra na superfície, como a mágoa sentida pela primeira vez. Como posso começar de novo quando enxergo esse espelho cristalino e percebo a passagem do tempo em minha imagem refletida? Como resgatar a menina que não fui? A filha que deveria ter sido? Ela hesita entre manter as pálpebras abertas ou fechadas, como se esse movimento involuntário pudesse salvá-la. Há uma luz flanando de um lado para outro, em luta com a visão que não a suporta, enquanto o corpo deixa transparecer pequenos movimentos de fuga. Minha insistência é imperativa. Preciso enfrentar mais uma vez sua antiga ausência de visão, sua incapacidade de se emancipar enquanto, persistente, ela tropeçava nos tapetes da casa, topava nos móveis pontiagudos e nas paredes oblíquas ou escorregava nas poças acumuladas nas calçadas. Não consigo me livrar da sensação de que, nesta manhã, sou eu quem desliza em sua córnea sem ter onde me apoiar.

Ela reluta contra a luz. Esteve sempre em busca de algo que não se encontrava nos lugares luminosos, mas na solidão da perda após a morte dos dois filhos. Lutava contra o silêncio em seu quarto escuro e enxugava as lágrimas que escorriam em seu interior, pelo aparelho digestivo. Caminhava pelos corredores da casa tentando agarrar-se aos móveis, tateando o ar, heroica em sua efígie trágica da qual eu fugia tropeçando pelos tapetes, trombando contra as paredes, escorregando nas lágrimas. Sentada à minha frente, ela agarra meu braço. Diz que seus olhos estão ardendo e que quer chorar. Pergunta se teria algum motivo para o choro, mas eu a poupo da minha resposta e passo para a próxima etapa do exame.

Tenho prática com pacientes idosos. Eles surgem em todos os formatos: dóceis e belicosos, falantes e cavernosos, ressentidos e afetuosos — com pupilas dilatadas. Não compreendem que, ao longo do exame, precisam manter o olhar fixo em um ponto — em mim. Ela não é diferente. Temerosa, fixa o ponto, estática. E então o mundo acontece pela primeira vez. Coloco-me de quatro para engatinhar para dentro de sua pupila. Você, sentada na poltrona da sala, com óculos de míope, sabia que eu a procurava. Pelo chão da sala eu tateava e, quando erguia a cabeça, eu a via e tentava me aproximar, como um cachorrinho levando um brinquedo na boca para divertir sua dona. Minhas mãos sincronizavam-se com os movimentos dos joelhos, harmonizando-se na cadência ritmada enquanto eu atravessava a sala, desviava-me de mesas e cadeiras, balançando a cauda com a língua de fora. Havia um esforço gigante que se alastrava pela minha espinha em formação, e um desejo insustentável de chegar a você. Do tapete até sua poltrona apenas um pequeno trecho. E eu estava feliz, quase completa em minha posição submissa aos seus pés. A distância que permite saber se a outra pessoa está próxima ou longe é estabelecida pelo sentimento, pela batida do coração, pela medida aleatória estimulada pela mente. Havia planejado erguer-me sobre as pernas finas assim que a alcançasse, para então estender as mãos e ser acolhida em um longo abraço de admiração. Mas foram suas pernas que se ergueram. Foram seus pés que se movimentaram. E foram seus braços que dançaram no ar, quando você tropeçou em mim e caiu, quebrando os óculos mais uma vez.

A pupila escura que me engole não é um buraco sem fim. Ela me conduz a uma estrutura cristalina, atrás de sua íris confusa, onde os raios de luz deveriam estar focados. Cheguei a esse lugar sem saber que a luz poderia transbordar. Em minha solidão de menina, idealizei arrojamento para a juventude — para que você me notasse. Que máquina obstinada e insolente é o cérebro nessa época da vida. Lubrificado por ácido e sexo, definha com urgência. E o ser transforma-se em lixo abandonado para apodrecer sem que ninguém se importe. Como uma andarilha sonolenta, sem ver, sem ser vista, tentei apalpar sua mão, tocá-la, mas não a encontrei. A minha não foi procurada. E tateei os muros da cidade, as mesas dos bares e os bancos das praças. Se conseguia algum brilho nos olhos, era porque a esperança de ser amada me salvava. E a descoberta de que tinha uma alma, essa matéria frustrada e esvaziada de amor que prosseguiria até a razão solitária. O amor pode assimilar formas diversas de manifestação, inclusive o esquecimento. O meu cérebro também. Mas disso você nunca soube, enquanto eu tratava sua miopia ao longo dos anos.

Nunca a vi tão alegre como agora. Não sabia que podia contar piadas e rir de si mesma enquanto a examino. Confesso que não acho graça nessa sua nova versão. Carrego uma história e peço que a respeite. Tente relaxar para que eu possa seguir essa luz cruzada que vai projetar minha imagem invertida no fundo dos seus olhos. Sempre julguei interessante o fato de o cérebro ter de virar para a posição correta aquilo que a retina apresenta. Muitas funções para um órgão sobrecarregado e exausto. Quando estudante, tentando seguir as luzes opostas que encontrava no campo de visão dos pacientes, imaginava que sozinha poderia desvirar meu mundo, pés no chão, cabeça sobre o pescoço, no topo. Entendi então que eu, na verdade, precisaria estar de cabeça para baixo para que a projeção certa acontecesse. Obstinada, o que desejava mesmo era agarrar qualquer coisa que fizesse sentido. E apenas no universo atrás da retina, nas células racionais, acreditei encontrar algum motivo para prosseguir.

Mas há sempre um fato novo, um fato triste. O amor flutua sobre um terreno pantanoso, no qual não se mergulha para a vida. Pairando entre raios de luz cruzada, tudo o que encontra é uma mancha, um ponto cego em que a pessoa amada desaparece por um minuto, tragada por esse ponto infinito, como uma viajante perdida no tempo. Tudo o que se precisa é de um milagre, um instante de êxtase para que a imagem ainda permaneça em meio ao pântano, para que eu possa estender um cordão umbilical que nos salve do esquecimento em que você mergulhou, das imagens confusas que seu cérebro produz, da luz difusa que sempre nos envolveu. Até que eu consiga alcançar sua retina e me ver projetada, invertida, mas real em sua existência. Esforço-me para me perceber no fundo dos seus olhos, para encontrar uma maneira de sair desse pântano, para agarrar a beleza de uma relação perdida. E me ver em você. Seus olhos não me revelam nada, tampouco eu poderia ver. Terei de me afastar mais uma vez infinitamente. E o cordão se arrastará atrás de mim. Tudo é vazio. Tudo é nada. Apenas sua pupila que me engoliu como um monstro. Sua retina que não corrigiu minha imagem. Apenas solidão. Esquecimento e sombra. E um toque leve em meu rosto. E uma voz clandestina. Eu vejo você, minha filha.

No fundo da sua retina, minha cabeça bateu no chão.

O SÓTÃO SÓ

VEIO CAMBALEANDO DO PASSADO e trombou no obituário. Decepcionado, dobrou o jornal em quatro e o colocou com critério sobre a pilha ao lado do fogão. Havia dias em que não topava com um nome conhecido, impresso em letras minúsculas na base esquerda do *A Tribuna*. Aureliano atingira aquela idade em que um happy hour no velório de alguém ligado ao passado era o único acontecimento social que se sentia impelido a desfrutar. Uma satisfação de perceber-se mais forte, resistente e, acima de tudo, vitorioso sempre o dominava quando deparava com o nome de algum deles no obituário. E, durante o velório, a constatação de que finalmente provava a própria superioridade a seus opositores tomava conta de seu espírito de tal forma que, por pouco, não cumprimentava a viúva ou algum outro parente com um "felicidades" ou algo do tipo "meus parabéns por mais essa vitória", ao vê-los ao lado do defunto, cercados pelos demais lamuriosos. Mas o apogeu mesmo ocorria quando o caixão baixava na cova e era coberto de terra. Nesse momento, acometido por um êxtase vingativo, Aureliano sabia-se sobrevivente. Pouco a pouco ele os ia superando em vida, enquanto na morte todos eles se assemelhavam. E que ficasse bem claro para os remanescentes que todas as diferenças enaltecidas por eles no passado, que o segregaram para a solidão naquele tipo de *gulag* escolar ao qual os excluídos eram enviados, resumiam-se agora a este fato óbvio: ele sobrevivera; eles foram remanejados para uma casta inferior, bem debaixo da terra — um a um.

Depois voltava para casa, guarda-chuva pendurado no braço esquerdo, mão direita no bolso do paletó, catando migalhas para jogar às pombas atulhadas na praça, em frente ao sobrado do falecido Velho Aureliano. Após toda essa ressaca, Aureliano ansiava por reclusão. Entrava no sobrado, olhava-se no espelho em frente à porta, sacava um pente preto do bolso interno e tentava, com certa impaciência, ajeitar os ralos fios ásperos e crespos que teimavam em revelar-lhe as falhas. E essas falhas Aureliano não só não as suportava como não mais as conseguia driblar.

As falhas eram abundantes também no velho sobrado: as paredes estavam descascando, o assoalho rangendo e cedendo ao peso dos móveis enormes de imbuia, e os canos enferrujados já não irrigavam água potável para dentro da casa. Apesar do desgaste provocado pelo tempo, o que afetava a exaustiva organização imposta aos cômodos, Aureliano mantinha o primeiro andar impecavelmente arrumado e vistoriado. Ao entrar, após o costumeiro alisamento dos cabelos com seu pente-talismã, examinava se todos os utensílios da cozinha estavam devidamente guardados. Não admitia nenhuma sujeira entre as trincas do piso de azulejo. Na sala, alisava com o pé direito as rugas do tapete envelhecido que teimavam em voltar a seu estado natural. Endireitava os quadros e checava o alinhamento. Depois corria as cortinas pesadas, unindo as partes para que não houvesse nenhuma fresta. Subia então a escada carregando sua barriga e contando os degraus desproporcionais ao tamanho de suas pernas. Sabia exatamente quais rangiam sob seu peso e onde deveria pisar, evitando qualquer ruído no silêncio escandaloso do sobrado.

No segundo andar, um longo corredor com uma passadeira vermelha desbotada passava primeiro pelo quarto gigantesco que um dia havia sido do Velho Aureliano; em seguida por mais um quarto inútil, em que Zefa costumava manter tudo o que era de uso diário: vassouras, baldes, panos de chão, ferro, seu avental e chinelos velhos, e uma longa bata branca com uma fita em um dos bolsos, dependurada ao lado de um espelho encostado à parede onde, com certa regularidade, Zefa checava sua aparência antes de outra tarefa inútil para seu corpo. Aureliano mantinha esses quartos trancados para que não empoeirassem e porque não lhe tinham nenhuma utilidade. No final do corredor, um banheiro desinfetado servia antigamente a todos os quartos e, à direita, seu pequeno aposento, com minúsculas janelas altas que o baixo e gordo Aureliano abria com muito custo poucas vezes ao ano. Ao lado da cama, uma cômoda com uma Bíblia e a imagem de algum santo sem serventia. À esquerda, um pesado armário com roupas classificadas por cor e tamanho e, na parede ao pé da cama, uma escrivaninha sobre a qual Aureliano fiscalizava as contas e anotava os parcos gastos em uma caderneta velha.

Alguém — se alguém um dia tivesse tido, por algum acaso, a chance de bisbilhotar a realidade daquela casa — poderia imaginar que o segundo plano terminaria aí: três quartos com portas fechadas e um banheiro desinfetado. Mas, na frente do quarto de Aureliano, ao fundo do corredor, escondida na penumbra, havia uma escadinha, cujos sete degraus não rangiam devido ao pouco uso ao longo dos anos. Acima dos degraus, uma porta com um brasão enorme esculpido com as iniciais AA. Era a porta do sótão; a porta do sótão do sobrado; a porta do sótão do sobrado do Velho Aureliano de Albuquerque.

Foi assim, em meio a jornais e obituários, que chegou o tão sonhado dia para Aureliano, daquele jeito como essa categoria de dia surge em meio à rotina de uma vida qualquer: neutro. Naquela manhã, Aureliano foi mais uma vez arremessado do passado sobre o obituário de *A Tribuna*, topando com o nariz no nome daquele que já se fazia excesso: o último dos remanescentes, o duradouro, o resistente, o quase não mortal, ali enletrado. Como deveria reagir diante de uma notícia como aquela? Confuso. Na carteira, conferiu o documento de identidade e a sua fotografia. Quem era Aureliano sem a existência dos remanescentes, ou de alguns deles, ou de pelo menos o último deles? Aureliano esquecera. Lembrava apenas que, em situações como aquela, seguia um ritual implacável. Assim sendo, dobrou o jornal em quatro, colocou-o sobre a pilha perto do fogão e foi ao hall de entrada, onde pegou o paletó surrado e o guarda-chuva dependurados ao lado do espelho. Do bolso interno tirou o pente e, perturbado, tentou alisar o cabelo. Em seguida, passou pela cozinha para uma última espiadela. Dessa vez não reparou na xícara de café suja sobre a pia e saiu de casa, tropeçando nas dobras do tapete. Definitivamente, intrometer-se no velório inimigo e acompanhar a procissão atrás do caixão do defunto lhe traria o Aureliano de volta. Confiava em seu oráculo.

No velório, incorporou-se novamente. Quase cumprimentou a viúva, "parabéns pela meta alcançada"; o filho mais velho, "viu como todo esforço é recompensado?"; e o filho mais novo, "antes tarde do que nunca, mas você é ainda muito jovem". Lançou em volta o habitual olhar fulminante para exibir sua superioridade saudável aos remanescentes, mas não os viu por ali. Lógico, Aureliano, você já enterrou os outros onze, e o número doze encontra-se bem à sua frente, socado no caixão. E caminhou ao lado da solidão, seguindo o cortejo. No fim daquela manhã de outono, um vento gelado teimava em bagunçar sua cabeleira crespa. O tempo mudara, mas Aureliano nada percebia. No trajeto de volta para casa, cabisbaixo, carregava no peito um buraco pesado, assim como são invariavelmente os buracos no tórax. Atravessou a praça e só se lembrou das pombas porque algumas se aproximaram, suplicantes. Encontrou nos bolsos algumas migalhas de pão do enterro anterior e jogou-as ao léu. Chegando ao sobrado do Velho Aureliano de Albuquerque, dirigiu-se ao sótão de porta entalhada com as iniciais AA, trancado havia décadas.

Com relutância, Aureliano pousou a mão enrugada e os dedos reumáticos sobre a maçaneta e entrou no sótão. Suas mãos encardidas de moleque selvagem fecharam a porta lentamente, evitando qualquer ruído. Estava descalço. Tentava esconder-se de Zefa, que já o havia proibido milhares de vezes de subir os sete degraus do esconderijo do Velho Aureliano. Não havia nada de interessante para uma criança fazer naquela casa enorme. O sobrado não era um local apropriado para joguetes de menino, e ele estava cansado de brincar com formigas e gafanhotos no quintal enquanto Zefa se ocupava da casa e do Velho. Nos raros momentos em que não estava limpando, cozinhando, lavando, engomando, passando ou servindo o Velho de todas as formas possíveis, ela conseguia lhe dar um pouco de atenção e afeto. Costumava deitar a cabeça do menino Amendoim — como o chamava — em seu peito quente e triste, para contar-lhe histórias que ouvira na infância, quando morava em Juazeiro. Zefa não sabia ler, mas escrevia histórias fascinantes no coração de Amendoim, que, naquele dia vazio de fantasias, resolveu aventurar-se escada acima. Fechou a porta com cuidado e, ao virar-se, deparou com a imagem emoldurada do Velho Aureliano. Impossível não reconhecer aqueles olhos azuis sobre a pele transparente do rosto contornado por cabelos lisos, alinhados com correção para o lado direito, sem falhas aparentes. O quadro exigia respeito, e o menino entrou circunspecto sob o olhar do Velho. Mas logo se sentiu à vontade. O sótão era pequeno e agradável. Atrás de uma escrivaninha de madeira clara, uma janela envidraçada cobria quase toda a parede, deixando o cômodo bastante iluminado. Jamais imaginara que aquela casa poderia esconder um lugar tão falante, um lugar em que ele quisesse ficar para ouvir. Foi até a escrivaninha e sentou-se na cadeira acolchoada. Só então, ao levantar os olhos, viu. Na parede em frente, uma estante enorme, cheia de livros e brinquedos. Levantou-se bruscamente, derrubando a cadeira. Hipnotizado, deslizou a mãozinha esquerda sobre a lombada dos livros, sem conseguir fazer junções compreensíveis das letras douradas. Um pouco mais abaixo, uma coleção de carrinhos antigos de ferro, uns indiozinhos rodeados por uma cerca de madeira, uns bonequinhos de casaco vermelho, calça e chapéu alto preto segurando minúsculas espingardas e uma locomotiva com sete vagões. Ficou encantado com o trenzinho. Uma vez Zefa lhe contara que, quando menina, viajara de Juazeiro a São Paulo de trem. Passara por mundos muito diferentes, chamados cerrados, mangues, matas, serras, e vira um rio comprido cortando uma fazenda. Amendoim também sonhava fazer viagens de trem a lugares distantes. E, imitando o ruído e o apito de uma locomotiva, começou a traçar trilhos imaginários. Entorpecido por uma forte dose de devaneio, não escutou as cinco badaladas do relógio da sala enquanto viajava pelo chão. Esquecera-se de que havia uma porta desprotegida às suas costas — e ela gritou diante da violência do desmoldurado Velho Aureliano, que chegara do trabalho e não encontrara o menino entre as formigas e os gafanhotos. Nesse momento, o chão impulsionou Amendoim para cima e ele deixou a locomotiva cair, separando os vagões, descarrilhando o trem. A partir desse dia, o menino Aureliano não encontraria mais trilho algum que pudesse levá-lo para longe do Aureliano que viria a ser.

"O que você está fazendo aqui?"

Amendoim ensaiou dizer "brincando", mas não foi preciso.

"Brincar é fingimento. A vida é batalha."

E o Velho profetizou:

"Amanhã você vai para o colégio interno".

Batalhando contra os demônios que naquele momento proliferavam em sua mente, Amendoim saiu correndo, desesperado. Aureliano fechou a porta do sótão e a trancou com duas voltas, deixando os demônios presos. Em seguida, com uma das extremidades da chave, entalhou um A de Amendoim ao lado dos dois existentes: AAA.

Despediu-se de Zefa na manhã seguinte. Ao se aproximar para um último abraço, notou que ela estava machucada na face, com os olhos roxos e inchados. Ele nada disse. Uma ferida sangrava em sua alma. Não podia compreender que com esse mesmo sangue a alma de Zefa se esvaía. E, pela última vez, foi acolhido pelos braços quentes e pelo peito farto daquela mulher que afagava os fios ásperos e crespos da cabeleira do menino. Ela, então, pegou uma tesoura na gaveta da cozinha e cortou uma mecha do cabelo de Amendoim. Depois, deu a ele seu pente preto e o único conselho que poderia oferecer: "Amendoinzinho, mantenha o cabelo sempre alinhado na vida". Nunca mais veria Zefa.

Assim que aprendeu a escrever, Aureliano começou a mandar cartas para Zefa na esperança de que ela conseguisse responder. Teve conhecimento de sua morte anos mais tarde, quando o Velho Aureliano apareceu no internato, em sua única visita, para contar que Zefa havia sido encontrada estendida no chão, em meio ao entulho guardado no quarto das coisas inúteis, segurando o cacho do menino Amendoim em uma das mãos. Foi nessa época que Aureliano criou o hábito de checar o obituário todos os dias, na ânsia de encontrar o nome do Velho ali enterrado.

Pegou o paletó e o guarda-chuva no hall de entrada e saiu do sobrado. No caminho, passou pelo internato. O pátio abandonado, cheio de folhas secas, ecoava por entre as grades as gozações dos doze. Quando o chamavam de Amendoim Podre, não se reconhecia como o menino que brincava com Zefa. Para não causar nenhum aborrecimento aos doze, permaneceu fiel à definição que deles recebera: Aureliano Amendoim Podre, encorpado e baixinho até o final do ginásio, trancafiado em sua casca, sem enfrentar os ciclos da colheita, submetido a pragas constantes que danificavam seu desenvolvimento. Mas agora os doze estavam mortos. E como eram pesados... carregavam o ódio que Aureliano sentiu ao longo de todos esses anos.

Aureliano deixou os mortos entre as grades do pátio do internato e dirigiu-se ao cemitério. Havia recusado comparecer ao sepultamento do Velho quando os padres lhe contaram sobre sua morte. Nunca visitara seu túmulo. Não fora preciso, porque nunca o enterrara. O vento frio se intensificou, aproximando as nuvens escuras no céu. "Muito em breve o céu vai chorar", diria Zefa, lutando para prender o cabelo áspero e crespo por baixo de um lenço. Aureliano parou em frente ao túmulo abandonado no final do último corredor. Sobre o jazigo, nada, e na lápide letras apagadas mal permitiam distinguir as iniciais do Velho Aureliano de Albuquerque. Resolveu então ser protagonista do ritual que sempre havia apreciado no sepultamento dos doze. Pegou com a mão direita um punhado de terra do canteiro ao lado para jogá-la sobre o caixão. Abriu a mão e deixou a terra escorrer vagarosamente por entre os dedos negros.

Uma chuva fina começou a cair e Aureliano despediu-se do cemitério. Na praça, as pombas ensaiavam sair do coreto para se aproximar dele. Aureliano vasculhou os bolsos do casaco, mas não havia mais nenhuma migalha.

Epifania

Escutou a palavra na noite anterior, no grupo de leitura do qual participava havia dois meses. Achou-a belíssima. Sonoridade de religião de igreja. E o significado, então?! Sublime. Anotou com capricho no caderno: *Revelação. Manifestação divina. Sensação profunda de realização no sentido de compreender a essência das coisas.* Ficou tomado pela certeza de que a partir daquele momento era um ser iluminado. Foi o que disse o guru do grupo, em tom solene: "Aquele que conhece o significado real dessa palavra reconhece a experiência". Ele já podia sentir a tal da experiência. E não esqueceria jamais essa palavra tão elegante. E-pi-fa-ni-a.

Acorda no dia seguinte decidido. Sente-se como um homem predestinado. Pega a pasta de couro cansado, o guarda-chuva competente, os frascos de comprimido para as indisposições diárias e, pasmo com o súbito vigor matutino, dirige-se ao trabalho, aberto ao acaso que lhe revelará a suprema realização de seu ser. Pressente que um milagre está para acontecer. Por que não? É um homem simples, mas honesto. E acima de tudo tem senso crítico apurado — e ágil. Sabe reconhecer isso. Sabe também que este dia lhe trará surpresas. In-des-cri-tí-veis. Sendo assim, tem a grande inspiração de fazer tudo diferente, para que a epifania possa se manifestar. Jamais teve a ousadia de faltar ao trabalho um dia sequer. Pois faltará pela primeira vez e não inventará nenhuma desculpa. Se o chefe lhe perguntar depois sobre sua ausência, dirá com toda a firmeza que... que... te... te... teve... um... um... di... dia pleeeeeee......... noooo. Sem umedecimento nas mãos. Em seguida toma outra decisão de extrema importância: joga os comprimidos na primeira lata de lixo que encontra pelo caminho. Sua vizinha de cadeira no grupo de leitura explicou que a epifania é um presente que parece coisa de Deus. Como é, então, que ele poderia pensar que precisaria de remédios para enfrentar o dia mais iluminado de sua vida? Decide certeiro: eles não são mais necessários. Pronto.

Pega o metrô em direção à Gordon Square, em Bloomsbury. Ouviu dizer que alguns escritores se reuniam no passado em uma daquelas casas. Está determinado a buscar inspiração entre os seus. Ele também vai escrever livros importantes um dia, dará autógrafos em livrarias, concederá entrevistas a jornalistas conhecidos e irá, até mesmo, a alguns programas de TV. Desce na estação Euston Square, vira à esquerda, atravessa o sinal vermelho, caminha na contramão da calçada por seiscentos metros e alcança seu alvo: a praça dos escritores. Fecha os olhos e respira profundamente. Sente uma brisa suave remexer seus cabelos e tocar sua pele. Nota que folhas caídas são conduzidas em sua direção. Sente que é um presságio: as árvores vão colaborar, cedendo celulose em forma de papel em que seus textos serão depositados. Enviam mensageiros para saudá-lo, como se dissessem: *Com folhas te recebemos; em folhas escreverás.* Retribuirá à altura.

Depara com várias ruelas em meio aos jardins convergindo para o centro da praça. Escolhe o caminho que parece mais vazio, afinal, decifra, deverá a partir deste momento percorrer co... com co... co... rage... ge... gem um caminho especialmente reservado para ele. Ao chegar ao centro encontra uma estátua. Tenta com parcimônia desvendar se se trata da representação de um homem ou de uma mulher. Não chega a conclusão alguma. Busca ajuda na placa logo abaixo: Tagore. Inseguro quanto ao gênero da estátua, satisfaz-se com o pensamento de que aquele que porta um nome de tamanha magnitude é com certeza importante. Seu amigo. Trava mentalmente um diálogo com a estátua. Diverte-se com a ideia. Definitivamente o dia está cheio de surpresas, e ele contará ao mentor do grupo todos os detalhes de sua jornada rumo à transcendência. Para seu espanto, percebe que o passado começa a se distanciar dele... Não consegue mais fazer uma ponte plausível entre o homem que foi ontem e este que é agora. Tanta coisa mudou pelo simples fato de ter sido tocado por esta palavra reveladora. E... Epiiii... fa... fa... faniiiii... a. Sente-se capaz.

Recosta-se na estátua e abre a pasta que carregou ao longo de todo o trajeto. Encontra folhas limpas e carentes. Pega sua caneta mais loquaz e levanta os olhos, buscando inspiração. Uma luz intensa atravessa as nuvens e toca suas retinas, ofuscando a visão. Seu coração treme de alegria. Mais uma vez uma mensagem lhe é enviada: luz para a alma e para o caminho. Como não percebeu antes que sua vida está toda ela destinada à grandeza? Quantos sinais já não lhe foram enviados para fazê-lo despertar para o grande momento e ele nem percebeu? Não importa. Este é o grande momento e vai aproveitá-lo. Ao má-xi-mo.

Olha para a folha em branco. Apoia-a na pasta e reflete sobre a palavra mais adequada para começar seu texto. *Epifania*. Essa é a palavra! Escreve-a vagarosamente, ouvindo o som da caneta no papel; experimenta a suavidade com que ela escorrega sobre a folha. Sente-se incrivelmente importante. Concentra-se mais uma vez com um esforço sobre-humano e pensa na segunda palavra a ser escrita: E-pi-fa-ni-a?! Não compreende por que outra não lhe foi enviada, mas obedece. Escreve-a com determinação. Fecha os olhos e respira fundo. O vento cessou e não há mais raios de luz entre as nuvens. Seu coração está suspenso, e os olhos cerrados tremem em razão do esforço empregado. Suspira e clama em pensamento: *Venha!* E ela vem: E-pi-fa-ni-a. Algo obscuro está encerrado nessa palavra, tem certeza disso, e ele foi designado para decifrar esse mistério. O tempo passa. Encerra-se a manhã; abre-se a tarde. Seu estômago suplica misericórdia, mas ele acredita piamente em sacrifícios. Sempre foi assim com os mestres. Grandes homens se sacrificam por um bem maior. Ele pensa em algum bem maior. O céu escurece de repente. Um temporal se aproxima e os pássaros fogem das árvores. Esfria. Não há mais tempo a perder. Respira três vezes com ansiosa sofreguidão. Contrai os músculos, cerra os punhos, aperta os olhos e prende a respiração. É necessário pôr no papel todo o seu conhecimento. Roga. E é abençoado de supetão: *Epifania!*

    Uma chuva fina começa a descer das nuvens, molhando o papel e borrando as quatro palavras. Sem hesitar, percebe que é preciso decifrar mais esse sinal.

Terra prometida

A PORTEIRA SEMPRE ESTEVE emperrada. Quando menina, nunca tive forças para abri-la. Precisava subir em suas madeiras instáveis, apoiar os pés na conexão do xis que a cruzava para saltar do outro lado, onde a estrada de terra ligava nosso sítio à escola. Jamais ia adiante. Ele me daria uma surra se soubesse que eu havia ultrapassado o pátio da escola em direção à cidade. Toda tarde, antes de enfrentar o caminho de volta, olhava para o prolongamento daquela estrada e compreendia o pôr do sol ao longe. O calor se depositando no campo, enquanto a noite, com sombras arroxeadas, baixava sobre as árvores. Colocava então minhas asas de penas alongadas e voava em direção à última luminosidade, antes de firmar os pés no chão. De retorno a casa, encontrava as janelas fechadas para que o calor não penetrasse nos cômodos, numa briga constante com a ventania de poeira que circulava a propriedade. As janelas permaneciam assim quase o ano todo, só eram abertas por Rosário na primavera, para a limpeza anual das cortinas e vidraças.

Mas hoje não é uma tarde de primavera, não há pôr do sol sobre o campo nem noite lilás encobrindo as árvores.

Esta manhã de verão, tantos anos depois da minha partida, me trouxe de volta à frente do sobrado descascado, com canos enferrujados nas laterais e janelas fechadas, com folhas que não se encaixam uma na outra, deixando brechas para a entrada de poeira. É a segunda vez que tento abrir a porta, mas minha mão úmida escorrega pela maçaneta de ferro. Limpo o suor da testa com a manga do vestido. Poderia tocar a sineta, mas não quero fazer barulho. Preciso descobrir uma maneira de chegar sem regressar. Pego o corredor à direita, que liga a parte da frente aos fundos. No caminho, carrinhos de mão, enxadas e ancinhos. Uma trepadeira com folhas secas encobre o muro. Por toda parte o mato engole restos de fuligem e papelão. No quintal, cadeiras caídas e dois cães imóveis sob o peso do calor que derrete a manhã. Próxima à cozinha, Rosário estende toalhas encardidas e canta baixinho. Lembra, Rosário, as músicas que inventávamos quando íamos passear perto do rio? Você levava maçãs e sanduíches de queijo, e passávamos as tardes de domingo fazendo duetos. Depois fantasiávamos a vida para além daquela porteira. Você não era encurvada, Rosário. E eu não tinha as mãos trêmulas, os dentes amarelados e este emaranhado no cabelo oleoso. Há um caminho escorregadio que atravessa o pátio até você. Quero surpreendê-la. Vire para mim e me dê um abraço, Rosário. Me deixe encostar a cabeça em seu ombro e afagar suas costas doloridas.

 Rosário adivinha minha presença e se vira, destruída. Seu olhar me alcança e me quebra. Nininha, você?! Sempre aqui, na minha solidão. Venha pra perto de mim. Esperei por você todos estes anos. Me acorrentei a esta terra porque sabia que voltaria. Porque você precisa de mim, como eu preciso de você. Meu pranto secou, deixe que eu enxugue suas lágrimas. Meu sorriso ficou abandonado no dia em que você se foi. Meus braços viraram galhos retorcidos pela dureza desta terra. Éramos a melhor safra deste solo, a promessa de uma colheita abundante, mas fomos podadas pela erosão antes da messe. O que houve com seus cabelos que eu escovava todos os dias? Será difícil desfazer todo esse emaranhado, eliminar os piolhos e trazer brilho a cada mecha. Você tão magra, tão miúda, tão mudada. Venha, vou preparar um caldo com músculo e sangue. E iremos ao rio, o rio. Você ainda recorda as músicas que inventávamos quando íamos passear perto do rio? Eu levava maçãs e sanduíches de queijo, e passávamos as tardes de domingo fazendo duetos. Depois fantasiávamos a vida para além daquela porteira.

A porta do fundo se abre. Ele surge. Rompe com o silêncio os passos que dou em direção a Rosário, que me olha e desespera. Ereto, no centro do vão da porta, ele fixa os olhos em mim. Os braços estendidos ao longo do corpo, a cabeça erguida e a boca semiaberta, pronta para açoitar. Ele sabia que eu voltaria. Indigna de ser chamada sua filha. Pecadora sob os céus. Culpada diante da família. E deveria ter reservado para mim a melhor roupa, sandálias novas, o anel mais caro, e me recebido com a carne do novilho mais farto. Porque assim está no Livro. Seu abraço daria vida à minha carne morta. Pois eu havia me perdido, mas, em seu olhar, seria reencontrada. E haveria uma grande festa e cantaríamos e dançaríamos e beberíamos do melhor vinho. Porque isso também está no Livro. No entanto ele ergue a mão direita e levanta os olhos aos céus. Seus lábios se movem, dando passagem a sons melódicos que formam palavras, que se bastam nas frases. "Porque os pés que caminharam em outros solos se macularam e, ao retornarem, haverão de ser esfregados de sua sujeira com vidro, lavados com cal, para que a brancura se faça notar em sua aparência. As mãos que tocaram alimentos e objetos impuros deverão ser escovadas, as unhas cortadas e lixadas com lima. Os cabelos que se perderam ao vento deverão ser raspados. As roupas que fedem a blasfêmia serão queimadas em fogueira, para que imagem pregressa alguma alcance nossa visão. E o jejum será a lei. E o arrependimento, a ordem. E o açoitamento, o castigo. A profanação do Nome não mais será ouvida nesta casa. Os Santos não mais serão violados. Pois essa herege voltou, e apenas a misericórdia a mim concedida lhe dará abrigo novamente."

Órfã, olho para minha mãe escondida atrás dele. Gostaria de me encaixar em seu ventre, abaixo dos seus seios pendentes pelo peso das costas. Levantar seu rosto e encontrá-la. Foi um longo percurso até aqui, mãe. Estou cansada e tenho fome. Me abrace, afague meus cabelos. Aquilo que um dia foi gerado precisa retornar ao núcleo. E eu estou de volta. Quais são os seus sonhos? O que espera de mim? Tudo será diferente, minha mãe. Fale, e serei concebida. Me toque, e minhas feridas serão curadas. E poderemos costurar roupas novas para mim e preparar um enxoval para o meu futuro. Sou esta filha convalescente diante do seu silêncio, da sua tristeza. Não cruze os braços. Não abaixe mais a cabeça. Preciso regressar, mãe. Me dê a mão e me leve para dentro da sua casa. Me deixe dormir no seu colo e sonhar com as minhas virtudes. Mas compreenda antes a minha culpa, minha mãe, a culpa de amar a estrada, de enxergar o ruído dos sonhos, de sentir o sabor que o desejo impõe à alma. Não me condene pela sinceridade da minha culpa. Ela me fez mulher. Condene meus atos distantes. O chão que meus pés pisaram, os corpos que minhas mãos tocaram, a nudez que meus olhos viram. Não me rejeite, minha mãe. Olhe para mim. Faça com que eu exista. Me dê apenas um sinal. Um olhar rápido, ou um sorriso tímido, um toque suave da sua mão sobre meu braço, ou apenas do seu dedo sobre minha mão, um afastar de uma mecha de cabelo sobre meus olhos, um ajeitar da alça do vestido que cai do meu ombro. Uma frase "Filha, você é bem-vinda", ou apenas uma palavra "Filha".

Ele se vira para Rosário e ordena que meu banho seja preparado. Dirige-se à minha mãe e manda que sirva um prato de sopa para mim na cozinha. Entra seguido pelas duas mulheres, que me dão as costas, esgotadas, envergonhadas de sua utilidade. Suplico: Tenham pena de mim enquanto ainda podem. Enquanto o tempo permite. Não carrego em mim a fé desta terra, mas tenham fé em mim! Minha mãe se vira para mim com olhos vazios, abaixa a cabeça e entra. Rosário a segue e, antes de passar pela porta, me estende a medalhinha de Santa Rita que deixei sobre a cômoda no dia da minha partida.

A culpa. A culpa. A culpa. E suas raízes largas se alastrando por debaixo da terra. E esse sentimento de que, não a tendo, sou possuída por ela. E a medalha da santa em minha mão. E este calor que me consome. A culpa e o que me resta no mundo. Esta tarde quente e um rio abaixo da ribanceira onde era possível cantar duetos. E esta estrada coberta de mato que leva às suas margens. As pedras pontudas no caminho, e meus pés descalços e feridos. O rio que guarda segredos, e os carrega, e os afasta, e os esquece desta margem. Entrar neste rio é ser lavada da culpa ou é ser carregada com ela? Não importa. Tiro a roupa e solto os cabelos.

O cordeiro

Primeiro há um longo corredor de casas desbotadas. As portas e as janelas dão direto na calçada, que se mistura com a rua, diferenciada apenas por pedras mais largas e menos gastas. Algumas dessas casas foram pintadas de azul-claro, não muitas, três ou quatro. Embora faça esse caminho todos os dias na volta da venda, nunca sei ao certo se a quarta casa é azul ou cinza. O tempo borra as cores e me deixa confusa. As pequenas habitações vão se enfileirando ao longo da rua estreita, sem espaço entre elas. O silêncio é gritante a esta hora do dia. Os homens estão no campo, e as mulheres derretendo dentro de suas cozinhas, atropeladas por crianças agitadas, sufocadas entre os cômodos por causa do calor lá fora.

No final da rua, há uma casa de paredes altas pintadas de branco, com alguns vasos de barro sempre com plantas saudáveis enfileirados ao longo do muro da entrada, e outros menores suspensos, com flores pendentes. É a única residência em nosso vilarejo que consegue manter plantas tão vivas nesta região árida, quase desprovida de água, embora repleta de luz. Tenho a chave dessa casa. Ela me pertence.

Pertence à minha irmã também, mas ela nunca se apropriou dessas paredes.

Maria é a preferida dele. Todos sabem e ele não esconde. É aquela que possui olhos grandes e curiosos e o cerca pela casa, esbarrando nos móveis, quebrando as peças que serão cuidadosamente coladas por mim, sujando, com as sandálias, o piso, cujas marcas mal consigo disfarçar, por mais que esfregue. Maria acredita que saboreia a vida. Quando ele chega do campo à noite, enquanto jantamos, ela se empanturra com suas histórias sobre a plantação e a colheita do trigo, a separação do joio e a produção do vinho, a força das estações e as ovelhas que vagueiam próximas a ele sem que nenhuma jamais se perca. Histórias que encantam Maria, sempre sonhando partir com suas sandálias pelas ruas de pedra de nosso vilarejo até o local onde seu sonho se arrisca.

Hoje ele trouxe um cordeiro para o jantar. A carne foi deixada dentro de uma vasilha de cerâmica. Os filamentos de nervo e gordura dão-lhe um aspecto de mármore mas, ao toque, ela se revela quente e macia. Sinto minhas mãos mergulharem entre as dobras da carne e brinco com sua maciez. Um líquido se solta e lambe meus dedos. Vou me alimentar desse sacrifício e serei generosa com o azeite e as ervas marcantes. Preparo uma marinada com hortelã, alecrim, louro e pimenta e acrescento, no final, uma pitada sutil de noz-moscada. O aroma forte me seduz e sinto necessidade de um bom vinho cor de sangue. Entro na sala para buscar a garrafa e o vejo repousando em sua poltrona de encosto alto, com os pés esticados sobre a banqueta e a mão direita afagando os cabelos de Maria, sentada no chão ao lado da poltrona, com o queixo apoiado nas mãos entrelaçadas. Observo os dedos dele acariciarem os cachos de

Maria, enroscarem meadas e fazerem pequenos círculos. Sua boca se abre e fecha em um movimento lento e contínuo, enquanto ele conta as mesmas histórias, e percebo os dentes muito brancos atrás dos lábios entreabertos, a língua às vezes encostando nos dentes de cima, outras vezes nos de baixo. Maria fecha os olhos azuis e deixa escapar um suspiro, e um pequeno vinco se forma entre as sobrancelhas. Ele diminui o ritmo dos dedos e olha pela janela, perdido. Pergunto-me se há alguma dúvida ou enfado sob os dedos que remexem aqueles fios de cabelo. Sei apenas que, embora os cachos de Maria sejam revolvidos nesse movimento de mãos masculinas, as certezas de Maria são sempre intactas. Tento me afastar, evitando provocar ruído, mas ele me vê e sorri com repreensão. Marta, você sabe por que escolhi cordeiro para o jantar? Não sei, apenas imagino. E isso não faz a menor diferença, creio eu, mas não menciono. Balanço a cabeça com desinteresse, volto para minha cozinha e encho uma taça de vinho.

    O cordeiro repousa dentro da vasilha, enquanto as ervas penetram as células mortas, preenchendo aquela carne que parece começar a se estufar, movimentando-se como se quisesse dançar. Reprimo meus pensamentos — um pouco. Ele poderia recriminá-los, embora isso tenha deixado de ter tanta importância para mim. Espalho mais algumas folhas de alecrim sobre o cordeiro e o coloco no forno de barro aquecido. Aos poucos o aroma do tempero começa a dominar a cozinha, a entrar no meu corpo e a despertar sensações perturbadoras. Bebo mais vinho e deslizo as mãos em direção à base do meu abdômen, em busca de algo que já tenha existido ali. Um grito sussurrado me escapa e desabo sobre o banco de madeira. O aroma se intensifica e me preocupo se a carne já passou do ponto. Abro o forno e vejo que está apenas mudando de cor e diminuindo. Um líquido fino escorre dos seus filamentos e o aroma de alecrim continua a se intensificar.

Marta, por que você não nos serve vinho também? Desperto. Encho duas taças e chego à passagem entre a cozinha e a sala. Ele sorri para Maria e me olha apreensivo. Marta, Marta, você está sempre ocupada com tantas coisas. Por que não senta aqui, como Maria, para ouvir minhas façanhas? Aproximo-me deles com as taças. Sua pele é áspera, seu cabelo pastoso e o cheiro ácido de seu suor me causam repulsa. Imagino o cordeiro moreno borbulhando no forno, seu aroma me invade e puxo uma cadeira para perto da porta da cozinha. Sento.

Todas as tardes abro a enorme janela da sala e afasto o véu das cortinas, prendendo-as com uma cordinha branca para que o vento não as solte. Ele deseja a casa muito aberta para que as pessoas na rua possam escutar suas histórias e ensinamentos. É o momento do dia que mais aprecio. Vejo a última luz do sol penetrar pela janela e um calor frouxo toca minha pele. As cores aos poucos adquirem uma tonalidade mais suave, e o dia se torna tão real, porque sei que ele existiu até aquele momento e ainda existe e vai continuar independente de mim. Tento abraçar aquela existência, mas apenas entrelaço os dedos, como se as mãos quisessem ainda suplicar algo. Um vento morno entra pela janela e sacode as cortinas. Acompanho seu trajeto até ele tocar meus cabelos. Fecho os olhos e tento seguir a passagem daquela brisa com um movimento do corpo, que começa a pender. A cadeira oscila para o lado e faz ruído quando os pés laterais voltam a tocar o solo. Abro os olhos e vejo que ele e minha irmã me olham com censura. Tento me manter concentrada na história, mas os sons não fazem sentido, não combinam com o aroma que vem da cozinha, com a luminosidade daquela tarde, com o vento que penetra por aquela janela aberta... Atrás da poltrona em que ele está sentado, uma cítara encostada na parede começa a vibrar as cordas e a tocar músicas de minha juventude. Não consigo evitar um sorriso tímido quando ela estende em minha direção cinco cordas, convidando-me para dançar. Se ao menos naquela sala alguém soubesse cantar... Solto uma gargalhada com prazer e percebo seus olhares preocupados... Marta! Marta! Por que você não escuta minhas histórias? Você anda perturbada com muitas coisas... No entanto, apenas uma coisa é necessária. Maria escolheu a melhor parte.

Levanto-me para conferir o cordeiro. Abro o forno e aroma, calor, luz — todos eles — me arrebatam. Tomada por um instinto furioso, pego um pano para retirar a forma. O cordeiro havia se transformado em uma carne brilhante, escura, salpicada de ervas. Peço desculpas e agradeço seu sacrifício por mim... Por mim.

Na sala, ele, sentado à ponta da mesa, ela, ao meio, aguardam a carne, esfomeados. De pé na extremidade oposta, olho mais uma vez aquele cordeiro que se entrega todo para mim. Pego uma faca e corto uma costela. Coloco-a em meu prato e com as mãos a levo à boca. Retiro com os dentes um pedaço e o mastigo lentamente com os olhos fechados, reconhecendo o sabor de cada tempero que desperta sensações prazerosas em pontos distintos de minha língua. Saboreio o aroma que agora circula por minha boca e sinto a maciez da carne entre os dentes. A costela agora me pertence. Sou completa. Abro os olhos e, tomada por uma alegria infinita, lhes confesso o que até então eu também desconhecia. Eu sou aquela que escolheu a melhor parte.

B. & M.

Prezada B.,

 Não a conheço, mas imagino que de certa forma você saiba muito mais da minha intimidade do que jamais conseguirei conceber. Aliás, não sou mesmo afeita a conceber, já que gerar ideias, sonhos e vida é algo muito abstrato para uma pessoa que, com o tempo, se tornou materialista. Como não a conheço, não há razão para sentir qualquer remorso — sentimento inútil, por sinal. Sendo assim, não pretendo, aqui, pedir seu perdão, porque, de sua parte, não há meios de você me perdoar. Tampouco suplicarei a Deus que me absolva de algum pecado católico — dizem que Deus é consciência e eu deixei a minha com um fotógrafo, casado, enquanto produzia meu primeiro álbum e, na sequência, produzia você.

 Explicar que era jovem, sonhadora, iludida com o fato de estar iniciando uma carreira de sucesso é mortalmente irrelevante — aliás, essa é a expressão mais adequada para o que você foi para mim naquele momento. Contar que os enjoos me enjoavam, que os vômitos vomitavam meu humor e que minha beleza protuberante insultava minha ambição é retórica. De tudo isso você nem sequer desconfiou — já soube.

Portanto, foi preciso espetá-la dentro de mim para que eu perdesse três quilos; suicidá-la em mim para que meu humor fosse mantido diante das câmeras; sangrá-la de mim para que eu flutuasse limpa e leve pelas passarelas do mundo.

O que sei de tudo isso, afinal? Não muito. Apenas que ao longo deste meu desfile pela vida certamente haveremos de concluir que você foi poupada de repetir meu ato. Ou que talvez você não tenha nunca de carregar o fardo de ser perdoada por gerações. Porque, B., a pessoa que fui naquele quartinho sujo e escuro, você jamais será. Ambas sabemos disso. E, quando chegar o dia em que ser magra já não for uma escolha, exigência ou presunção imperiosa, compreenderemos — você & eu — que, ao fim e ao cabo, é a mim que deverei perdoar.

M.

Ela sem telhado

Subia a colina encurvada apesar do pouco que trazia na sacola, arrastando a noite na alma, pisando sobre a tristeza íngreme, enrijecida ao longo do caminho. Um céu sem nuvens de um azul desconhecido machucava sua vista. As retinas se recusavam a peneirar todas as cores escuras de suas entranhas. E, em meio ao inesperado daquele dia, nem mesmo sua sombra a acompanhava — não se sentia disposta a partilhar tamanha dor. Ao redor, apenas devastação e secura e abismos e rachaduras. E ela? Bem, ela chovia por dentro e a água não escoava do peito. Como tudo estava em descompasso, concluiu que jamais chegaria novamente. Pelo menos jamais à mesma casa. No topo da colina.

    Naquele dia acordou doadora como sempre. Preparou o café da manhã da família e descobriu-se feliz. Após ter se despedido dos ex-seus, foi conversar com sua Mestra, a terra. Na primeira vez em que ouvira o chamado da Mestra, entendera que não poderia iniciar o cuidado do jardim sem antes munir-se de ferramentas adequadas. Era fundamental ter fertilizantes, sementes, luvas e um machado para então começar pelas pequenas coisas: um vaso adubado para acolher a semente, uma floreira posicionada para receber a medida adequada de sol e sombra. Compreendera quais eram os cuidados necessários a cada planta de acordo com as variações do clima. E, com o tempo, a terra ia lhe ensinando a cavar profundamente para que as raízes tivessem firmeza; a analisar bem as sementes para plantar apenas aquilo que gostaria de colher; a regar todos os dias os brotos com suas lágrimas e a secar as folhas com seu hálito. Tudo na medida certa. Era necessário controlar os excessos. Água. Fertilizante. Podas. Pela manhã, quando todos saíam, debruçava-se sobre as plantas e tomava decisões lúcidas; sabia que cada veredito produziria um resultado diferente, que provocaria um efeito diverso, que causaria um fim incerto. O tempo se faz quando o tempo se faz. Essa é a teia da vida. E ela aprendia.

Pelo menos era nisso que acreditava, sozinha no jardim, sem perceber que exatamente naquele momento o fio da teia de sua vida iria se romper — e a terra rugiria como fera estuprada. Houve primeiro um leve abalo vindo da aldeia abaixo, alcançando o pé da colina sobre a qual repousava sua casa. O campo estremeceu como um pequeno calafrio em sua coluna. Em seguida, a Mestra, em um ataque de fúria, esticou o dedo e traçou um rasgo no solo que atravessou todo o quintal, passando por entre suas pernas, alcançando a parede da casa. Tudo tremia. Enquanto suas convicções desabavam. Enquanto seu mundo se equilibrava no precipício. Enquanto sua alma ficava em suspenso e seu corpo prolongava-se colina abaixo. Naquele momento ela soube.

Mergulhada no vale, a aldeia vomitava fogo, grito, desespero, dor. E escombros. Acostumada a ajoelhar, cavar, arrancar, limpar, ela ajoelhou, removeu, cavou, desenterrou, tomando posse da cota de escombro que lhe pertencia: um carretel de pipa, uma boneca, um par de óculos. Primeiro foi preciso arrancar a terra sob as unhas e, com mãos sujas, carregar em uma sacola seus escombros colina acima. Pelo caminho pegou lascas de pedra e arrancou as unhas das mãos; retirou espinhos de roseiras e riscou a pele dos braços; torceu troncos de madeira e açoitou os pés descalços. Ao chegar ao topo, não era gente, era fúria. Com o machado golpeou a terra, buscando vingar-se na medida certa. Uma vingança que fosse maior que um carretel de pipa, uma boneca e um par de óculos. Queria ser juíza e condenar a Mestra, arrancar-lhe o coração das profundezas, levá-lo a um tribunal e declarar sua sentença de morte.

Mas não. Em vez disso, ela rugiu. Depois rendeu-se.

E um vento gelado soprou da aldeia, esfriando as lágrimas de sangue que vertiam das montanhas, enquanto a noite, também a noite, desabava. Cansada de vingar os seus, entrou na casa rachada e sem telhado. Arrumou os tocos de madeira e acendeu o fogo. Ao fundo, a cama arrumada e intacta. Puxou o cobertor, ajeitou o travesseiro e deitou-se com os braços cruzados sobre o peito. Solta no espaço acima da casa, a chaminé libertava o fogo da lareira, desenhando uma fumaça frágil. Deitada, seus olhos terrosos redescobriram o céu estrelado e a lua redonda e viva apoiada contra ele, à direita. Cansada, piscou. E a lua moveu-se para o centro. Piscou novamente. E a lua surgiu à esquerda. O mundo ainda girava.

E mais uma vez ela soube.

Solange Soledad

Solange nasceu primeiro. Soledad, minúscula, logo depois. Enquanto a primeira se debatia para atrair todo o ar à sua volta, a irmã apenas suspirava. Depois de muito lutar para que a vida fosse inalada, Solange disparou um choro robusto. Foi quando Soledad resolveu abrir os olhos pela primeira vez. Foram colocadas lado a lado em uma cama justa. Soledad um pouco mais virada para a irmã, com as mãozinhas esticadas, como se a quisesse tocar. Uma pessoa menos graduada (que no era mi caso) poderia pensar que a segunda já nascera cultuando a força de sua similar, enquanto a primeira não apenas se gabava, mas também esnobava a irmã. No entanto (debo confesar), nenhuma dessas encenações me enganou a respeito das personagens que as gêmeas, naquele momento, assumiam para interpretar na vida.

Para meu assombro, extraí dos sussurros vazados pelas portas que Soledad recebera esse nome em homenagem à enérgica Gran Soledad, matriarca espanhola da família, que ficara muda após o falecimento do marido servil. Contrariando todas as expectativas, esse estado incomunicável jamais a impedira de continuar a comandar, até a morte, o clã espanhol, aportado no Brasil no início do século passado. Às gerações mais jovens foi narrada a saga dos rebentos da Gran Soledad, que cuidaram desde a infância, sob sua batuta, das lavouras de café de sua propriedade no interior do estado. Ao atingirem a maioridade, passaram, um a um, a trocar a lavoura pelas indústrias dos italianos na capital, provocando a fúria sedenta de La Española, que, insaciada, a descarregava com dedicação sobre a tênue figura de seu marido, que veio então a sucumbir. Isso foi narrado e eu ouvia perplexa cada detalhe, sem manifestar-me para evitar cualquier sorpresa.

Ao pai das gêmeas, numa tentativa de incentivar a valorização da testosterona pouco presente na família, foi concedida a permissão de escolher el nombre de La Primera Hija. E assim, em homenagem à linhagem paterna, Solange foi nomeada de acordo com as raízes (me arriesgo a decir) poéticas da alma romântica de seu pai, que, ao vê-la pela primeira vez, constatou emocionado que ela parecia sólo un ángel lindo, o que era (para mi gusto) demasiada inspiração para a musculatura empreendedora de las mujeres de la familia. Em revanche, a mãe, personalidade razoavelmente forte e de respeito ponderado, ousou recuperar a coragem feminina da família, resgatando a memória da falecida chefe do clã. Ela havia cedido a escolha do nome de la primera, mas urrara por Soledad enquanto paria la segunda. Assim a filha, com o nome emprestado de La Antepasada, teria por obrigação honrar o clã, lembrando-o de suas raízes andaluzas. Honra desperdiçada a essas alturas (debo aclarar).

Apesar dos conflitos entre a melancolia paterna e o vigor prático da mãe, naquele instante ninguém duvidou de que os nomes foram escolhidos com bastante entusiasmo (yo diría un entusiasmo lírico en el caso del padre y doloroso por parte de la madre) e de que as meninas cumpririam a sina da família. Mas em meu íntimo sabia do que o destino era capaz, e ele se incumbiria de comunicar aos pais se haviam acertado nas escolhas. Enquanto o destino não provava sua força, o clã passava o tempo confirmando entre si a precisão dos nomes, tropeçando nos tapetes da casa e profetizando: Carmen, los nombres son correctos sí. Dolores, mantenga la calma, fue una buena elección. Mira, Valencia, Solange es pura poesía con su carita angelical, y Soledad todavía será la fuerza bruta que conducirá a la familia a un futuro glorioso... (Haha!)

Quantas curvas são necessárias até que o rio atinja o caminho reto, delineado com teimosia por algum lápis de ponta mórbida? E se essa ponta quebrar antes do tempo, a quem solicitar o apontador? Ninguém era capaz de responder naquele momento. Perguntas complexas (creo que, sin temores, puedo afirmar) são apenas decifradas no além-mundo, simplesmente porque lá não há rios para confundir nossa interpretação, nem lápis desejando teimosamente traçar algum tipo de destino que valha. Quanto a mim, tranquilizo-me, enquanto o rio corre por atalhos, despencando pelos barrancos. Não sou mais aprendiz e já escrevi todas as minhas lições. Te asseguro.

Três dias se passaram após o nascimento das gêmeas, e Solange era embalada por todos com vigor e atenção. Soledad, no entanto, fraquinha, foi afastada de la hermana para tratar da icterícia. Passava horas sozinha de olhinhos abertos contemplando as luzes à sua volta. Qualquer ruído a agitava, mas ela não chorava e permanecia calada até que as luzes do quarto fossem apagadas, quando então se entregava a horas de sono profundo. Eu, a mi manera — Reaja,

Soledad! —, cuidava para que ela não passasse os dias nessa sonolência tola.

No conforto da casa, as gêmeas descobriam a cada dia que não havia escassez de amor ou indisposição para zelar pelo bem-estar de las chicas. No entanto, Solange fazia questão de testar a ordem das coisas: enquanto la segunda gemela se submetia silenciosa a seus choros estridentes, ela se rebelava por qualquer coisa. E foi testando atalhos na emoção exausta e vulnerável, presente até nos vincos das tábuas da casa, que Solange conseguiu aos poucos impor sua vitalidade a la hermana. Soledad, por outro lado, sempre cochilava, tricotando sonhos. Eu a observava a distância e escutava as avaliações precisas da mãe, querido, los nombres están cambiados, e as elucubrações filosóficas do pai, no se preocupe, cariño, al nombre viene lo que le compete. (Hã?!)

Solange se desenvolveu com impaciência e autoridade. Ensaiou os primeiros passos aos dez meses, determinada a tirar uma boneca de pano da mão de Soledad, que, sentada no canto da sala, a contemplava caminhar quase sem vacilar, até o momento em que, triunfante, Solange (para mi sorpresa e dos demais espectadores) foi recebida graciosamente pelos braços estendidos de Soledad, que lhe entregava com docilidade a boneca. Todos aplaudiram la hermana generosa, deram beijinhos em sua bochecha, fizeram carinho — ela era muito lindinha. Mas foi Solange quem recebeu as maiores honrarias. ¡Miren a esa chica precoz! ¡Nació para ganar! Eu bem que percebia a hierarquia que aos poucos ia se formando no seio da família, constatando que a ordem de todas as coisas estava invertida, pero no pude decirle nada a nadie.

Com o tempo, um ritual para despistar a todos foi sendo estabelecido entre las hermanas, em que La Primera Gemela esbanjava vitórias e la gemela chica a supria de veneração. Na escola, cartilha e tabuada eram de domínio de Solange. Soledad fingia ter dificuldades para aprender, gaguejava ao soletrar e fazia todas as contas nos dedos das mãos — e às vezes, por resoluta desorientação, nos dedos dos pés. Sua letra era horrível, para que apenas as redações de Solange pudessem ser legíveis em classe. Vestia-se com desleixo, para que La Primogenita fosse aquela que sempre recebesse elogios por sua graciosidade nas festas de família. Solange menstruou primeiro, e a mãe e as tias explicaram tudo a ela com muita dedicação. Soledad aprendeu por tabela na semana seguinte. De forma oculta eu a percebia e vigiava. De mí nada escapaba. Como no dia em que Soledad secretamente prendeu uma fita rosa nos cabelos, passou batom nos lábios e, com um vestido rodado emprestado às escondidas de Solange, dançou vitoriosa na frente do espelho do quarto, enquanto seu primo Victor a observava da janela. ¿Qué hacías allí, Victor? Si tú supieras, en ese momento, el precio que pagarías por esa ojeada...

Contrariando a ordem estabelecida entre las hermanas, Victor não entendeu que era por Solange que deveria se apaixonar, La Primera Gemela que, em segredo, lhe devotava olhos, pensamentos e planos. Soledad, la gemela tonta e submissa, naturalmente acatou o novo papel a ela imposto. Apesar de não ser do tipo encantável, pela primeira vez se encantou com sua capacidade de sedução, o que acabou por provocar a fúria de Solange, dividindo a família, inclusive o quarto dos pais, que já estava com paredes pensas diante da insistência de la madre em dizer que los nombres não combinavam com las hijas, enquanto el padrecito querido afirmava vagarosamente que el destino se hace en el caminar. ¡Despierta, hombre, el destino se mueve rápido!

Embora penalizada pela dor de Solange, que sofria sua primeira derrota, Soledad, musa de Victor, el Ardiente, resolveu se submeter aos desejos del chico macho para que Solange, La Primogenita de los españoles, sua gêmea, sua cara e sua pouca semelhança, pudesse se casar com Victor por tabela (dessa vez a tabela era sua). Solange, a desprezada, não aceitou a justificativa de Soledad (ella no era tonta), mas secretamente a aprovou (era a tabela ou nada). E viu Soledad dar hijos a Victor: primeiro um niño anjo, depois um niño lerdo e, finalmente, uma niña tonta como a mãe, todos calados e submissos ao comando de Victor, que, em sua solidão matrimonial, viu na opressão uma forma de se impor, com toques ora violentos, ora indevidos. ¡Qué horror!

Disso eu soube e tentei fazer com que Soledad criasse coragem para escapar do domínio de Victor. Mas ela, pensativa, contava com: 1) alguma oportunidade para fugir de casa com os filhos; 2) alguma doença fatal de Victor; 3) a passagem rápida do tempo, para que seus filhos saíssem de casa antes del fin del mundo; 4) o famoso destino. Soledad passava os dias esperando que um anjo lhe aparecesse com alguma solução (cualquiera de las alternativas anteriores), mas os segundos pendiam dos ponteiros do relógio. Anjo algum sentia impulsos de socorrê-la em suas horas mais difíceis dentro daquela casa. É preciso um ato de violência para que o tempo estanque pelo menos por alguns minutos e prenda o ar e depois o solte aliviando a pressão, amortecendo tudo à sua volta. Conozco esta experiencia.

Certa noite Soledad acordou e percebeu que ainda era início do ano e não envelhecera o suficiente. Lembrou-se das histórias que as paredes da casa de sua infância contavam sobre La Matriarca Victoriosa, e se deu conta de que era chegado o momento em que a roda do destino inverteria sua rotação ou se partiria de uma vez por todas. No ímpeto de saber-se viva, furou o indicador com uma agulha e provou o sangue vermelho que escorria pelo dedo. Percebeu que era dos bons. ¡Por supuesto, Soledad! Pegou a fita rosa que um dia prendera os cabelos jovens e amarrou as mãos de Victor, que roncava bêbado na cama do quarto ao lado. Foi à sala, arrancou o quadro do Generalisimo Franco — que ocupava lugar de honra na parede do cômodo — e o atirou contra a cabeça de Victor, forçando-o a um sono ainda mais profundo. ¡Él merecía! Depois, tomando os três hijos pelas mãos, costas e pés, empurrou-os assustados à estação de trem, de onde ligou para a irmã:

— Venha ocupar seu posto de primogênita nesta casa! Eu aqui nunca estive todos estes anos.

— Eu aí estarei todos os próximos — respondeu Solange, de partida.

De mi parte senti um impulso de parabenizar Soledad pela decisão tomada, mas preferi deixá-la perceber que ela, assim como eu, havia também me tornado especialista em curvas de rio.

Na capital, Soledad encontrou emprego em uma fábrica italiana. ¿Tú también, mujer? Costurou, cerziu e aprendeu rapidamente a alinhavar o que fosse necessário. Subiu degraus, escadas, elevadores e criou um império. Colocou o niño anjo em uma sala com placa, o niño lerdo no empacotamento e a niña sem graça em uma clínica para se recuperar da baixa autoestima e dos suicídios malogrados.

Do andar mais alto La Segunda Gemela mantinha-se informada das humilhações de la primera hermana, que lambia apaixonada as feridas sulcadas por Victor, el hombre que Solange sempre amara e que agora a punia (condición para ser de su propriedad). Feridas assim não careciam de curativo — tentei alertar Soledad enquanto ela procurava unir os cacos da primera gemela, que já não era venerada por las españolas de la familia. Solange acreditava ser um anjo possuidor de alguma sapiência celestial (siempre he dudado de su competencia). Estou fazendo jus ao meu nome, enganava-se ela, ou não, já que para alguns ser só anjo é o mesmo que ser, digamos, tolinho.

Já os sulcos no rosto envelhecido de Soledad foram talhados à foice na solidão de seu império de matriarca. Um sulco rígido, outro apenas estoico; um sulco implacável opondo-se a outro espartano; este intolerante, aquele endurecido abaixo do olho para interromper qualquer lágrima atrevida.

Foi assim certo dia, quando lágrimas presunçosas tentavam escapar à força dos olhos de Soledad, que resolvi me apresentar, vinda do pretérito perfeito, para dar ordem à hierarquia invertida entre las hermanas e, principalmente, para deixar bem claro que Yo (La Matriarca Difunta Muerta) soy y siempre seré La Primera. Ella como siempre La Segunda. E Solange um lápis em busca de sua ponta.

Resistência

Sempre que ela se ausentava da janela, a trepadeira crescia um pouco mais no muro do outro lado da rua. Ela não percebia, mas sabia. Da primeira vez esforçou-se para surpreender a planta. Curiosa, havia afastado o tecido da cortina ao ouvir um barulho estranho no jardim. Virou a poltrona para a janela da sala e sentou-se, enrolada em uma manta antiquada, com uma xícara de chá quente nas mãos. Fazia frio no silêncio da casa e os objetos nos cômodos estavam cansados, quase debilitados. Ficou observando os galhos minúsculos da trepadeira se alastrarem da base do muro para o alto. Poderia passar o dia na janela orientando o caminho que deveriam seguir. Para seu desgosto, havia muitas mudas espalhadas ao longo do muro, e cada uma delas parecia estabelecer o próprio ritmo e sentido, como a da esquerda, a mais rebelde, que insistia em traçar um caminho em direção ao contorno do muro. Da janela lhe dizia, exasperada, frases de ordem, mas o destino se fazia nas ranhuras daquela enorme parede de cimento descascado. E ela não percebia. Às vezes desistia dessa muda e se concentrava nas que estavam ao centro, que pareciam mais alinhadas e conexas. Mas seu pensamento logo voltava para a planta indócil. Fixava o olhar nela, confiando que sua mente pudesse controlar aquele vegetal insosso e lerdo que prosseguia à esquerda. No fim da tarde estava exausta, sem fôlego e dolorida.

(A última vez que soube da caçula, ela estava em uma clínica, desacreditada.)

Apesar dos jornais velhos empilhados na porta, do tapete embolado no centro da sala, da porcelana trincada, dos quadros tortos na parede, sempre manteve as fotografias emolduradas e alinhadas nas prateleiras cobertas de camadas de pó. Lá fora, a criatura continuava crescendo, sonora e fogosa. Ela perdia um pouco de si a cada dia que se sentava na poltrona, buscando se distrair com Dickens ou Poe, enquanto sua mente agonizava em meio a ordens para a planta que escalava o muro como desejava. Era como se uma força agisse durante aquela evolução, algo não muito consciente, que seguia sob o compasso de tambores e cânticos estridentes. Um ritual primitivo, proibido para ela. Uma chama que ela não tinha autoridade para apagar. Gostaria de participar da dança coreografada por galhos e folhas formando círculos em trechos do muro. Algumas formas eram sublimes mas, quando ela se aproximava em sua solenidade, os silêncios explodiam, um e depois outro. E então ela se desesperava para estancar aquela fertilidade, por querer combater a força e ignorar a insensibilidade da planta que não se importava com ela, enrolada na manta, tomando chá frio, na sala vazia cheirando a mofo, aguardando o dia seguinte. Mas não há dias seguintes. Há apenas a passagem do tempo. E a débil força da existência.

(Maria, a mais velha, a menos distante, morreu ao dar à luz.)

Havia também uma fenda cavada no meio do muro. No princípio era apenas uma fissura delicada, que lentamente foi sendo corroída até se tornar um buraco da largura de uma caixa de chapéu. Ela não conseguia dimensionar a profundidade da erosão. Várias vezes considerou atravessar a rua para conferir, mas acreditou que isso não era importante. O buraco era um rombo em meio à estampa de galhos finos e folhas que começavam a se esparramar por todos os lados. Leu sobre os buracos negros em algum semanário, justamente quando esse à sua frente já estava do tamanho de um relógio de parede, mais ou menos. E ficou encantada. Nada consegue escapar dessa escuridão que suga todas as coisas, triturando-as e arrebentando-as em um movimento circular, em uma dança hipnotizante, que apaga velas, chamas e luzes com a cauda dos vestidos, que torna tudo invisível após a destruição. Sem escombros. E não há retorno. Apenas partidas sem adeus e um até mais tarde engolido, engasgado entre a garganta e o coração de quem resta, porque sempre será tarde.

(Ele arrumou as malas, acomodou os livros e os discos de jazz em algumas caixas, escolheu dois ou três objetos da sala, deixou os porta-retratos. Pegou o sobretudo atrás da porta, o relógio e a carteira sobre a mesa. E saiu sem levar as chaves. Era dia de feira.)

Havia chegado aquele momento em que a dúvida cessa e resta apenas a esperança de que tudo seja esclarecido. Não há mais espaço para ansiedade — ainda há fôlego e respiração pausada. Aquela longa espera flutuara pela escuridão da casa, assistindo às camadas de pó que se formavam sobre os móveis. Apenas uma mancha de luz vazada por entre o tecido da cortina aberta todos os dias, aguardando, aguardando. A estampa no muro na frente da casa estava belíssima. Com o tempo se formou uma trama de galhos estreitos, folhas largas ou finas, longas ou curtas que se aproximaram e se afastaram por impulso ou destino. Isso ela nunca compreendeu. Chegou a desacreditar em alguns momentos que toda a força viesse daquele solo, que acomodava mudas plantadas em buracos minúsculos. Porque, apesar da limitação da terra, a vegetação se alongara e se espalhara, descascara o cimento em algumas partes, passara por cima de algumas nervuras e prosseguira. Às vezes mais para um lado, às vezes mais para o outro, sempre para o alto, aleatória, distante, insubmissa. Qual lei poderia ser aplicada sobre aquela desordem? Que comando seria superior o suficiente para tanta indisciplina? Um maestro seria capaz? Ela nunca soube. Nada mais a surpreendia. Nem mesmo o desfalecimento da carne sobre os ossos. Não se abateu com a visão que passou a ficar mais turva, opaca, menos perplexa.

(A vizinha denunciara o marido anos atrás. Desde então consertava os ossos seus e dos cinco filhos todas as noites, quando voltava do turno da fábrica e o encontrava largado na poltrona em frente à TV, com uma garrafa de cerveja na mão, aos berros por algum detalhe muito importante para seu cérebro embriagado.)

Apenas cultivou um leve sentimento de vingança por aquela planta que a vinha contrariando todos os dias. O buraco se ampliou consideravelmente em uma tentativa de acelerar o encontro com a planta que se aproximava em sua marcha tortuosa. Às vezes um galho estreito se estendia em sua direção, mas de repente torcia para a direita e parecia prosseguir nesse sentido, enquanto outro ramo brotava de sua haste e se alongava para o buraco. No caminho, algumas folhas mais compactas e verdes começavam a surgir ao acaso, enquanto galhos menores, sem ritmo e rumo, seguiam perdidos. O galho que se desviou para a direita reverteu o curso em um movimento de revanche, num ímpeto de chegar primeiro do que qualquer outro que caminhava à esquerda. E começavam ambos a correr, lado a lado, em direção ao buraco. Ela se revigorava. Ora torcia por um, ora por outro. A haste que nasceu do galho que se prolongava acima dos demais era mais exuberante, com mais folhas, mais estamparia para oferecer ao conjunto. Mas caminhava distante em sua soberba e ganância, sem notar que à frente havia apenas um buraco negro.

(Fred nunca esteve presente nos momentos cruciais de sua vida. Morava em uma mansão na Austrália com a mulher e um casal de gêmeos, seus netos, que ela não conhecera.)

Há dias ela está sentada na poltrona de frente para a janela, embrulhada na manta, com uma xícara de chá vazia caída sobre o colo. Não notou que o tecido da cortina se rasgara e fiapos pendem pelos lados. Há um certo olhar cristalino por trás de suas córneas, algo de espantoso nesses espelhos que não mais refletem a alma. Nada de absoluto ou transcendente, apenas um corpo que aguarda, distante dos hábitos domésticos. O tempo a atravessara. E ela não conseguiu se salvar do esquecimento. A essência daquilo para o qual despertava a cada manhã e perdia ao longo do dia jamais existira — fluíra por ela. Era apenas uma planta lá fora caminhando, sem propósito, para o topo, seguindo uma força que não foi dominada, enquanto o tempo divagava, sem origem, sem destino, para além do tecido da janela. Distante de todas as coisas. No momento esperado da queda, em que a trepadeira chegara à beira do buraco negro, o inesperado. Todos os galhos, hastes, folhas o contornaram, prosseguindo a subida.

Pedra derradeira

De longe parecia apenas um menino que carregava um cesto pesado. Quando se aproximava, eu sabia que era ele — de novo. Quase todos os dias descia o morro, entrava em minhas águas para me ofertar uma pedra. Hoje sei que não se tratava de uma oferenda, mas naqueles primeiros anos, quando o ritual começou a ser estabelecido, eu buscava acalmar a correnteza entre minhas margens, para que o menino pudesse entrar sem se afogar. Ele era tão pequenino e frágil que, tivesse eu braços, o envolveria em um cobertor e o embalaria.

Sua imagem foi espelhada em mim pela primeira vez quando ele ainda andava descalço pelas ruas da aldeia. Pés magros e encardidos, calção apertado, blusa rasgada e nariz cheio de ranho. Seus olhos intensos tinham a capacidade de mergulhar em mim até atingir a profundeza. Mas foi no dia em que o menino trouxe a primeira pedra que o impacto desse olhar começou a perturbar o curso da água. Aquela pedra escura, pontilhada de vermelho, comprida e áspera, cortante em uma das pontas, me rasgou até cair no fundo. Quando a água enturvada se acalmou, pude perceber a tristeza no olhar do menino. E então soube do seu sofrimento, das ameaças quando, à tarde, a casa vazia, o homem entrava e mostrava seu instrumento afiado e o deslizava e o esfregava e ofegava e suava e feria. E à noite voltava e jantava e lambia os beiços. Menino, onde estavam suas lágrimas para se misturarem com minhas águas? Se você pudesse me escutar, entenderia que lágrimas fluem, vão para longe; mas as pedras... as pedras, menino, criam alicerces. Criam o muro que me dividiria.

Poucos dias depois ele debruçou os olhos doloridos sobre minha superfície. Estavam vermelhos. Sentou-se à minha margem, mergulhando os pés na água. Sorriu quando um peixe minúsculo passou entre eles. Levantou-se e vi as pernas marcadas de riscos roxos, cruzando em direções opostas. Naquele dia ele me ofertou uma pedra redonda, pesada, cheia de listras, que caiu rapidamente no fundo. Sua mãozinha ficou mergulhada na minha água, e eu tentei segurá-la para impedi-lo de voltar à aldeia. Retornos só são possíveis a quem nunca partiu. E aquele menino nunca pertencera àquele lugar. Se ficasse comigo, eu o levaria à outra margem e o presentearia com algum barco perdido e o colocaria para dormir e o embalaria com minha correnteza e o empurraria até o oceano. Mas o menino se levantou, esfregou as pernas, cuspindo para fora um soluço traidor. E lentamente se afastou, deixando para trás um muro, submerso, ainda incapaz de estancar a água da aldeia.

No dia em que trouxe um cesto cheio de pedras cor de chumbo, percebeu, pela primeira vez, que uma mureta começava a aparecer no leito quando as águas se agitavam com o vento. Uma tempestade gritou sua passagem e havia inquietação entre as árvores. O menino não piscava, não movia um músculo no rosto cheio de espinhas. Mas fixou o olhar na mureta e lançou sobre ela as pedras que tirava aleatoriamente do cesto, sentenciando um destino a cada uma delas. Lá, em nossa solidão e segredo, ele podia se fazer de valente. João bobão. José chulé. Ana banana. Raimunda bunda. Francisco cisco. Jacinto pinto. Pedro... E eu o derrubei antes que chutasse a mureta. Xingou a tempestade e escalou a margem escorregadia até se pôr em pé, encharcado, e voltar furioso para a aldeia, chutando baldes de água vazios.

Seu casamento foi celebrado em uma das minhas margens. Como estava feliz! Cantou e bebeu. Declarou e bebeu. Comeu e bebeu. Gargalhou e bebeu. Dançou e caiu em mim. Sorri para ele. Ele sorria para ela. E ela havia sorrido para todos. Até o dia em que eu soube para quem ela mais derramava dentes, lábios e hálito. Não a aceitaria nua em minha água, que ficaria banhada com sua traição. Revoltei-me. Puxei-a para o fundo. Enchi seus pulmões de água. E, quanto mais ela gritava, Jacinto, me ajude!, mais Jacinto se apressava em vestir-se e fugir, e mais água eu empurrava para dentro do peito da vadia. E a levei para as profundezas e a arrastei para longe, para o distante, para o afastado e o retirado... para o além. Larguei seu vestido vermelho, manchado de gozo, boiando. O rapaz o encontrou e soube. Dias depois trouxe duas pedras angulares. Esfregava uma na outra buscando seu encaixe, mas as pontas se feriam e quebravam. E ele esfregava. E buscava o encaixe perfeito. E virava e revirava, uma e outra. E suspirava com mãos trêmulas. Até largá-las sobre o muro de pedra que atravessava meu leito. Esse foi o primeiro momento em que o muro que em mim há tempos vinha se formando balançou e quase caiu. Mas eu o retive.

Com o tempo, o homem foi percebendo que o muro já estava bem aparente. De um lado a água era abundante, mas do outro, no lado que abastecia a aldeia, a água começava a ficar cada vez mais escassa. Tentei mostrar-lhe os riscos, mas ele já não debruçava os olhos sobre mim. A última vez que os vi foi quando trouxe Raimundinho para brincar em minhas águas. Seu garoto tinha olhos de águia, e um calafrio percorreu meu leito. Quis alertá-lo, mas o homem já não me via. Anos depois, o lado do muro que continha mais água recebeu o corpo baleado de Raimundo. E eu nada pude fazer.

    Certo dia, ele se aproximou andando encurvado e com dificuldade. Pela primeira vez, após tantos anos, sentou-se na minha beirada. Tirou os sapatos de couro gasto e mergulhou os pés em mim. Busquei me aquecer rapidamente — por ele. Tinha o olhar desgastado, um olhar que ficou vagueando por um longo tempo pela minha outra margem. Mas eu o retive por uns instantes. E vi. Vi o rosto enrugado e manchado, a pele seca. Os cabelos brancos, despenteados, jogados para trás. Vi suas mãos tortas, os dedos em arco deslizando em mim. Vi sua sede. Queria dizer algo, distraí-lo da falha que havia dias eu notara no muro, por onde a água vazava fina e constante para o outro lado. Mas o velho percebeu a fissura, lembrou-se das pedras que sempre carregava e procurou alguma no bolso da calça, no bolso da camisa, uma pequena dentro do sapato ou uma maior apoiada ao lado da margem, ou um pouco mais distante, perto o suficiente para sua idade. Mas não encontrou pedra alguma à sua volta para interromper o escoamento da água. Todas estavam no muro que ele havia construído dentro de mim. Olhei para ele, suplicando que desistisse. Pedi ajuda aos raios, que gritassem, que o chacoalhassem, que o fizessem se render, mas ele só tinha olhos para aquele monumento insólito que havia erguido. Um raio caiu a seu lado, e o velho lançou um olhar furioso para os céus e, com uma cólera maior que todas as tempestades do mundo, enterrou a mão no peito e arrancou seu coração cinzento, duro, frio e áspero e o depositou no vão por onde minha água escapava.

Por muito tempo a aldeia ficou sem abastecimento. Crianças e velhos morriam desidratados. Jovens vagavam pelas ruas com olhos ressequidos em busca de alguma água que pudesse matar sua sede. Mulheres com a pele murcha, cheia de feridas, não abrigavam espaço para qualquer tipo de vaidade no corpo ou no rosto. Todos os habitantes imundos, fedidos, até se tornarem corpos pútridos, pestilentos, decompostos pelas ruelas da aldeia.

Os únicos que encontravam o caminho até o lado do muro em que ainda havia água eram os cães, os cavalos, as vacas. Bebiam e iam. Voltavam e bebiam. Minha solidão e inutilidade aumentavam a cada dia. Não suportava mais os urros das tempestades, a murmuração infernal dos ventos, o sol punidor. E as noites frias de inverno... Ah! Aquelas noites eram meu maior tormento. Todos os anos um vento gélido congelava minha água, enrijecia ainda mais as pedras do muro que me separava. E eu nada podia fazer a não ser aguardar algum menino que não carregasse pedras e pudesse, quem sabe, me ofertar um cobertor que me aquecesse.

A LÁPIDE

A PORTA DA IGREJA se abre com brusquidão. Estou de pé, sozinho, embaixo da árvore milenar no centro da praça. Viro-me lentamente, sabendo o que me espera. Um imenso monstro de pelagem preta, olhos esbugalhados, babando com avidez, segurando o rabo em uma das mãos, urra em uma língua que conheço vagamente. Latim? Sou ainda um menino e tento me convencer de que, apesar de tudo, já estava na hora de encontrar certa dose de coragem para escapar desta vez. Com o coração disparado e a familiar paralisia se espalhando nervo a nervo, vejo o monstro trazer, na outra mão, algo semelhante a uma corrente cheia de contas enormes e uma cruz opaca pendente. Minhas pernas se movimentam com rapidez na direção oposta à igreja, impelidas pelo meu pavor de ser comido outra vez. O monstro toma impulso para me pegar e me comer por trás. Quantas vezes eu já havia ensaiado correr antes que ele me agarrasse repetidamente? Não me recordo. Sei apenas que agora me precipito rumo ao cemitério e pulo com agilidade o portão trancado. Tento escolher uma das alamedas cheias de túmulos, enquanto o monstro contorna o pequeno cemitério, quebra o cadeado com força e penetra pelo portão dos fundos, sempre pelos fundos. Opto pela alameda mais distante e percorro-a quase sem fôlego. Detenho-me um instante para me recuperar, quando deparo com um túmulo adornado com um diabo enorme apontando uma lança que se estende do meio de suas pernas em direção ao quadril de um anjo ajoelhado à sua frente. No extremo oposto do túmulo a mesma lápide: *Aqui jaz sua alma. Tudo aquilo que não se enfrenta em vida acaba se tornando seu destino.* Deito-me sobre o túmulo e, quando vou repousar a cabeça na lápide, sou empurrado pelo travesseiro para a posição em que me encontro, sentado na cama.

    Céus! Esse sonho de novo? Onde está o interruptor do abajur? Os detalhes mais importantes vão escapar novamente. Progredi em algum trecho? Da última vez havia permanecido paralisado na frente da matriz de São Pedro... Hoje... bem, hoje... corri para o cemitério. Acho. Jesus! Onde estão o bloco e a caneta? *Corro para o cemitério e pulo o portão...* Doutora Susana vai dizer que estou progredindo. Minha santa! Já consigo sair da estagnação e fazer algo, viu? Mas como vai interpretar o surgimento do cemitério no sonho? Morte ou vida nova? Xeque-mate, doutora! Acha que, engomadinha como é, pode me curar a esta altura da minha vida, muito bem servida de pesadelos? Cemitério. Quero ver como sua experiência pode me salvar da minha culpa. Aliás, não quero mais saber dessas sessões impostas pelo pecado sofrido na infância e cometido assim que me foi possível, não quero saber desses pesadelos monstruosos, dessa vida nascida e destinada ao túmulo, desde que, menino, atravessei uma praça de cidade de interior, passei por uma árvore frondosa no centro de uma praça de cidade de interior e entrei em uma igreja escura cuja face dava para uma árvore frondosa em uma praça de cidade de interior, para confessar meus primeiros pecados ainda não vividos antes daquele Domingo de Ramos na sacristia de um padre.

Ergo-me com dificuldade. A artrose por todo o corpo. Sento-me na cama ainda tomado pelo sonho. Os sinos da igreja tocam. A missa já vai começar e eu me levanto. Por hábito, penso em me arrumar. Ao lado da porta de entrada, afastada de tudo e de todos, minha batina dependurada no mesmo lugar há dois meses, empoeirando ou mofando. Quem se importa agora? Abro a porta da minha casa minúscula. Meus olhos atravessam a praça e vislumbram a igreja do outro lado. Pessoas caminham lentamente em sua direção, desanimadas por ter que ouvir o sermão recorrente. Na minha frente passa um coroinha, que se assusta ao me ver de pijama e chinelos velhos. Seguro meu rabo com a mão e escancaro a boca para chamá-lo, mas um trauma originado no passado e destinado ao futuro me faz refrear bruscamente. Miro para dentro da casa, onde deparo com uma face envelhecida e cansada e olhos martirizados, cravados no espelho do corredor da entrada. Alcanço a batina pendurada na chapeleira e visto-a sobre o pijama. Entorpecido pelo pesadelo da última noite, sonâmbulo desde que a morte foi em mim introduzida com violência, dentro de uma igreja escura cuja face dava para uma árvore frondosa em uma praça de cidade de interior em que entrei para confessar meus primeiros pecados naquele Domingo de Ramos em um passado distante.

Dirijo-me ao cemitério para morrer um pouco mais em mais um dos muitos domingos presentes nos inúmeros calendários da minha existência. Minha alma não me acompanha. Há muito se encontra enterrada. Mas minha mente ousa uma prece a algum Deus que possa me conceder esperança... Esperança de que, ao entardecer, os pesadelos da infância também possam anoitecer na memória.

Existe alguém neste olhar?

IMAGINE UM CANTO em seu quarto do qual você se aproxima todos os dias para me fazer as mesmas indagações, para as quais nunca tenho respostas que a satisfaçam. Queria muito que você voltasse a me perceber pelo menos mais uma vez como antigamente. Se enquanto imagina você conseguir me notar, vai se lembrar da manhã de primavera em que cheguei à sua casa, há tantos anos. Você era a menina mais encantadora que eu já havia visto e me olhou curiosa, buscando em mim um reconhecimento que só eu poderia lhe dar. Impossível lhe transmitir a sensação que sua atenção provocou em mim. Pela primeira vez senti que meu talento tinha alguma valia, que podíamos brincar, bastando apenas que me olhasse.

E assim você fez por dias seguidos. Aproximava-se de mim, esticava os braços em minha direção e, ao me tocar, dava gargalhadas e gritos de alegria. Eu retribuía despertando em você mais interesse pela sua pessoa — pois para receber sua atenção eu precisava antes provocar sua vaidade de menina. Quantos vestidos, laços e sapatos escolhemos juntos na claridade do seu quarto. Emitia minhas opiniões e você avaliava, franzindo os olhos, enviando-me um sorriso ou resmungando se algo não estava do seu agrado. Jamais deixava de me consultar. Principalmente alguns anos depois, quando começou a indagar a respeito de sua aparência. Fui aquele que mais de perto acompanhou seu desenvolvimento, sentia-me responsável por ensinar-lhe tudo a respeito da Beleza. Todas as vezes que você se aproximava de mim, conferindo-se, eu sussurrava, pedindo baixinho que verificasse seu olhar para descobrir, no reflexo em mim projetado, a morada das coisas belas.

Com o tempo, seus cachos, que saltavam pelos ares enquanto você brincava e dançava à minha frente, passaram a aparecer presos por fitas e mais tarde por tiaras que vieram adornar sua cabeleira de um loiro que ofuscava minha superfície quando o sol entrava pela janela do quarto. Até o dia em que você apareceu com um coque preso no alto da cabeça. Nesse dia percebi que havia se tornado mulher. Você entrou no quarto agitada. Prostrou-se à minha frente e começou a desabotoar distraidamente o vestido de passeio, deixando-o cair. Nunca a vira tão nua e cheia de seios e formas. Tomou outro vestido sobre a cama, levantou-o com os braços estendidos e o deslizou pela cabeça, ombros e corpo. Calçou sapatos de salto, arrumou a seguir o laço sobre a cintura e ajeitou o decote à frente. Ah! Seu decote... suas formas... sua juventude... Quase gritei como estava linda, esquecendo-me de minha incumbência de sempre adverti-la sobre o que, para mim, significava a Beleza.

Foi quando tudo se modificou. Estava eu embevecido pelas suas formas quando você se aproximou e, fixando o olhar em mim, encontrou a tristeza onde eu a ensinei a buscar a Beleza. Entendi que você se via dominada por um destino que a forçava a abandonar quem era para se tornar quem nunca fora. E, tomada por algum feitiço, dirigiu-me não a costumeira indagação a respeito de sua beleza, mas confessou que estava com medo. Busquei de todas as formas fazê-la entender que em nenhum momento da vida deveria desviar o olhar em mim refletido, onde poderia sempre encontrar respostas. Você se levantou e me deu as costas. Embora eu tenha certa aparência fria, naquele momento meu impulso foi o de abraçá-la e trazê-la de volta para dentro de mim, onde estivera um dia. Mas você partiu sem entender. Dias e anos se passaram e você não voltava. Minha frieza aumentava com a ansiedade constante em que vivia. Minha superfície embaçava-se de lágrimas, até o momento em que chegaram à conclusão a respeito de minha inutilidade e me cobriram com um tecido escuro. Mergulhei em uma noite profunda. A morte me espiava, mas minha frieza a espantava.

 Não sei por onde você andou todo esse tempo, se sentiu saudades ou se imaginou a solidão em que fiquei com sua partida. Mas, quando entraram no quarto para arrumá-lo porque você estava retornando, vi novamente a claridade atravessar as cortinas para encontrá-la à porta.

 Peço que relembre nosso encontro após todos estes anos e venha até mim, olhando tudo à sua volta: cama, poltrona, cômodas, bonecas e laços deixados como estavam no dia de sua partida. Então pare à minha frente e perceba-se refletida em mim. Sempre soubemos que sua pergunta jamais respondida nos predestinara. Suplique com o olhar que eu — ao menos desta vez — lhe dê a resposta que sempre aguardou. Venha. Aproxime-se de mim e me questione sobre o que eu acho de sua beleza agora, após tantos anos. E então, destinado que sou à minha dureza, peço paciência e tolerância para comigo, que já estou velho e cansado, e também um pouco de complacência, pois me cansei de tentar fazê-la entender que é no fundo do seu olhar em mim refletido que a resposta se encontra.

    Sempre carregarei comigo a lembrança desse momento em que nos reencontramos e reviverei a solidão do olhar que trocamos. Entendi nesse dia que já não existe ninguém por trás dos seus olhos. A juventude se esvaneceu quando você saiu deste quarto sem levar em suas pupilas o reflexo da menina que um dia foi. E eu fiquei vazio da Beleza que apenas seus olhos poderiam em mim encontrar.

M. E A CEBOLA

Os ANOS FIZERAM DE M. uma pessoa desapegada, solitária. Passou a tatear vários livros em busca de conhecimentos científicos que a pudessem salvar de sua escuridão. Tentou descrever aos demais suas impressões da vida, desejava transmitir as descobertas que fazia sobre seu universo. Mas cansava a todos — disso ela estava certa. Saber se o sol estava a pino ou se sua sombra estaria projetada à frente ou atrás passou a não ter importância. Ora, de que lhe valera a vida inteira saber onde sua sombra se projetava, se já a trazia no peito?

Com o tempo, caminhar à feira toda semana tornou-se uma rotina involuntária. Não mais apreciava os assuntos corriqueiros: tempo e temperatura, males do corpo e do espírito, católicas ou evangélicas, filhos que vão e filhos que voltam. Desviava-se lentamente dos comerciantes, batendo sua bengala na base das barracas, alheia aos frutos produzidos pela terra e expostos em fileiras coloridas. Seus olhos não sentiam mais a textura das frutas nem a maciez dos vegetais, as mãos deixaram de perceber as tonalidades dos legumes. M. sabia que nunca mais seria aquela menina ingênua e estabanada que caminhara um dia tropeçando nas pedras do calçamento ou indo, distraída, de encontro aos postes, aos cães e ao lixo espalhado pelas ruas. Mas nada provocou uma mudança tão definitiva em M. como o encontro que tivera certa quarta-feira na barraca de frutas.

Naquela manhã, ao abrir a janela do quarto, uma luminosidade atingiu seus olhos dormentes. Pensou que havia visto raios de sol penetrando suas pupilas. A cor era quente. Com esperança foi à feira e embrenhou-se entre os corredores como uma candidata a cargo político, distribuindo gentilezas automáticas — bom dia, seu Osvaldo! bom dia, dona M.! precisa de ajuda? obrigada, Jorge, está tudo bem! — e demonstrações fáceis de preocupação corriqueira — bom dia, Joana, como está sua mãe? com a graça de Deus bem melhor, dona M.! que Deus a abençoe! Ia tropeçando de barraca em barraca, seguindo o roteiro usual, o script pronto, desenrolando diálogos certeiros. M. achava-se querida — e o era em seu papel.

No fundo de um dos corredores, um radinho ligado na barraca de frutas do seu Antônio anunciava verdades esquecidas em casa, ao lado da bengala. "A solidão é fera; a solidão devora. É amiga das horas, prima-irmã do tempo." Nunca pensei que seu Antônio gostasse de músicas assim. O que será que aconteceu? M. tomou o rumo. Precisava comprar maçãs. "E faz nossos relógios caminharem lentos, causando um descompasso no meu coração." Por que seu Antônio está tão triste? Será que a Penha piorou? "A solidão da noite; a solidão da rua."

— Ô dona, vai levá alguma coisa aí?
— Seu Antônio não veio hoje?
— Tá vendo, não? Hoje tô eu aqui! O Rei da Quitanda!
— Ah, bom dia! Você é parente do seu Antônio? Aconteceu alguma coisa com ele ou com a Penha?

— Sei não. Meu tio pediu preu cuidá da barraca hoje.
E, percebendo a fragilidade humana estampada nos olhos e nas mãos de M., o sobrinho do seu Antônio acrescentou:
— Dona, não fica apertando as fruta. Não tá vendo que estraga? Vai querê o quê?
— Ah, desculpe. Meia dúzia de maçãs, por favor. Pode escolher.

O mal não é apenas a face oposta do bem; ele pode ocupar as duas faces de algumas moedas que circulam em feiras de rua. Como o destino sempre se apresentara inquestionável a M., ela não sabia que decisões importantes, como a escolha de meia dúzia de maçãs, não deveriam ser entregues a estranhos no meio de uma feira, numa quarta às dez da manhã, em uma barraca com um rádio tocando uma música desconhecida de algum cantor que mistura palavras como *solidão, fera, tempo, descompasso, coração...* e *noite*. Tudo em uma mesma letra. Nenhum dos livros que M. tivera em seus dedos a preparou para enfrentar um rapaz que tinha um rádio de pilha de onde saíam palavras como aquelas com tanta naturalidade.

— Deixa comigo. É o bicho!

E o sobrinho do seu Antônio incorporou o tal. M. não viu essa mutação. Não notou o sorriso sarcástico pendendo do lado esquerdo da boca animalesca. Não distinguiu a diferença entre olhos que examinam e olhos que desprezam. Às dez horas daquela manhã, M. ainda não enxergava com nitidez a maldade na fisionomia e nos atos das pessoas. Apenas sentiu um cheiro ácido quando o rapaz lhe estendeu a sacola. Estranhou.

M. afastou-se levando nas mãos as poucas compras escolhidas para a semana, além das seis maçãs não escolhidas por ela e alguma desorientação. "A solidão é fera; a solidão devora." Té logo, dona M.! até logo, Joaquim! quer que ajude a senhora até em casa, dona M.? obrigada pela gentileza, João, mas já estou acostumada. "É amiga das horas, prima-irmã do tempo." Tenha um bom dia, dona M.! obrigada, Madalena, você também! "E faz nossos relógios caminharem lentos..." Distraidamente tropeçou em uma caixa de madeira na saída da feira e, cambaleando, aprumou-se. Precisa de ajuda, dona? não, muito obrigada! "... causando um descompasso no meu coração." E conforme se afastava a música ia ficando mais distante...

... e mais próxima, conforme caminhava na direção de casa. "A solidão da noite; a solidão da rua." Enquanto guardava as compras na geladeira, M. só pensava nas maçãs. Um desejo enorme de saborear a fruta úmida e macia, de dar uma mordida em uma delas e sentir o suco escorrendo pelos cantos da boca — isso ela sentia. M. então pegou uma fruta da sacola e sentiu uma casca fina se desprendendo em sua mão. "A solidão é fera." Deslizou os dedos sobre a textura macia do fruto em sua mão esquerda... "A solidão devora." ... e deu uma mordida destruidora. "Causando um descompasso no meu coração."

Passou o resto da manhã enxugando as lágrimas enviadas por suas artérias. Seus olhos ardiam enquanto debulhava camada por camada do fruto proibido. Retirou a primeira camada lisa. "Ao serem cortadas, as células da cebola se rompem e reagem, deixando escapar uma série de compostos. Um deles, formado principalmente por enxofre, quando atinge os olhos, provoca irritação." E depois a segunda camada. "Como os olhos estão constantemente úmidos, o gás entra em contato com a água e ali é produzida uma fraca solução de ácido sulfúrico; para se livrar do incômodo, o organismo contra-ataca, produzindo um rio de lágrimas." E

então a terceira, a quarta, até chegar ao miolo da cebola, tão liso e redondo como seus olhos... "As glândulas lacrimais são estimuladas e produzem lágrimas para lavar o globo ocular."
... tão sem retina como sua vida, na qual o que se via era a solidão sombria, a luz ausente. E na mão direita M. apertou o miolo da cebola, que soltou um suco ácido e ardido, cujo cheiro não se desprenderia tão cedo de sua pele. E isso foi um basta. Porque o mundo sempre fora invisível para M. e não havia mais como suportar frutas, legumes, hortaliças às quartas-feiras, com essa solidão agarrada em sua alma, enquanto ela tateava a escuridão com mãos cheirando a cebola.

Premeditado posmeditado

Premeditado

Setecentos e trinta e oito dias. E nada. Paralisado e insignificante dos pés à cabeça. Largado neste quarto minúsculo, escutando a vida e a morte do morro. Minha distração? Imaginar. Duraria apenas oito minutos e trinta e dois segundos. Os minutos mais breves e gloriosos da minha vida: dois minutos e vinte e seis segundos, sete passos até o armário, para puxar o banco minúsculo ao lado, subir, pegar a caixa sobre o armário, descer do banco minúsculo, voltar sete passos, colocar a caixa sobre a cama, abri-la, acariciar a arma, tomá-la nas mãos, carregá-la e respirar minimamente. Um minuto e dezoito segundos, quatro passos, colocar a arma no bolso da calça, abrir a janela sem ruído, pegar a arma com a mão direita, debruçar-me sobre o parapeito e buscar o alvo. Quarenta segundos para localizar o filho diminuto do inimigo jogando futebol com outras crianças diminutas da vizinhança. Trinta segundos para mirá-lo bem e com precisão. Dois segundos para uma respiração profunda. Outros dois segundos para puxar o gatilho. E também dois segundos para vibrar com o cotovelo dobrado, mão fechada à frente do corpo, um pouco acima do ombro. Quinze breves segundos para examinar o resultado e admirar o espanto das pessoas. Dois segundos para mais uma respiração profunda. E depois, tranquilamente, completar quatro passos de volta, puxar o lençol da cama, deitar-me sobre o leito e repousar a arma por baixo das mãos cruzadas sobre o peito, nos dois minutos e trinta e oito segundos finais.

Repasso esse ritual inúmeras vezes. Conheço cada detalhe. Abro os olhos. A luz que atravessa as grades e os vidros da janela prejudica minha visão. Não suporto a luminosidade que penetra meu quarto. Ela me fere. Grito, pedindo alívio para minha dor. Fecho os olhos. É necessário repassar o plano. É imprescindível vingar-me mais uma vez.

Posmeditado

Sou coronel e basta!
    Olho para a janela. Quero entrar em ação. Olho para a perna direita. Ordeno: Mova-se!
    Não se move.
    Arrasto-me até o armário. Abro a caixa e saco a pistola. Atiro na perna inerte.
    Sinto-me vingado.

O TOPO

Nunca duvidamos de sua predisposição para alcançar sucesso e medalhas ornamentais. Mas também jamais imaginamos ser ela capaz de ir tão longe em seus desafios. Desta vez, contrariando nossas certezas, ela parece querer abusar de todas as possibilidades. Notamos a imponência e a determinação de sempre, apesar da magreza quase anoréxica, da decrepitude dos músculos e da vacilação dos passos em direção à enorme escadaria do trampolim. São outros tempos estes, mas ela se recusa a assumir a perda da desenvoltura e da elegância.

Com a majestade ameaçada, alcança o topo. Seu olhar distancia-se da multidão ao se projetar para o alto. Emerge, à vista de todos, vestindo o mesmo maiô preto de lycra antiquado e uma touca justa e monótona. A atitude assertiva não demonstra nenhuma insegurança. Mas seus olhos... ah! seus olhos... Estes nunca nos enganaram. Como é possível ter ela olhos capazes de suspirar nostalgia? No entanto ela ainda não sabe, mas nada a seu respeito nos escapa. Assim sendo, captamos seus sentimentos de solidão enquanto prossegue pela prancha até a extremidade e, como adivinhamos, começa a executar pequenos movimentos preparatórios para o salto.

Normalmente, aconselhamos o abandono de todo caminho da juventude que se torna degradante com o passar do tempo. E invariavelmente não somos ouvidos. De nossa obsoleta atleta conhecemos a fragilidade e o caráter por ora senil. A limitação recente também não nos é desconhecida. A necessidade de amparo jorra de seus poros. Ela se sustenta, buscando firmeza com os pés vacilantes na beira da prancha, desconhecendo, ao mesmo tempo, o universo pelo qual caminha. Esboça um olhar para o alto como se buscasse proteção e, em razão do gesto unilateral, desequilibra-se por esquecer a existência de dois lados e um embaixo — sempre. Queremos ajudá-la a reencontrar o equilíbrio, mas não nos cabe essa tarefa. Seu estado de delírio outonal empalidece todos os conselhos generosamente oferecidos. Vislumbramos apenas seu iminente salto.

Devido à nossa experiência de vida, momentos como este sempre revelam a constância de uma plateia vigilante, pronta para assistir a um espetáculo trágico. E, somente quando uma pessoa estende as mãos, é capaz de tocar outra, despertando-a de seu torpor. Como verdades existenciais sempre nos dão apoio em casos de extrema desorientação, aguardamos com atenção. Ao fundo e ao longe uma voz surge da plateia, alertando nossa altiva senhora de sua provável queda no vazio. Para a surpresa de todos, a atleta para no primeiro impulso e desperta, confere a verdade repentinamente apresentada pela plateia. Retira a touca, sacode os poucos cabelos brancos e murmura: "Esta prancha não tem mais a minha medida", como se o mundo carecesse de mais passarelas adequadas para ela. Vira-se com a habitual desenvoltura vacilante dos últimos tempos e desce os degraus resignada.

Suspiramos aliviados.

O TRAMPOLIM

Marco Caio sempre foi o responsável pelos momentos mais decisivos da vida de Júlio, a tal ponto que Júlio não conseguia comprar um bilhete de ônibus sem verificar antes se Marco Caio não estava atrás na fila; ou entrar no elevador sem conferir a presença (ou a ausência) de Marco Caio. Todas as vezes que ia ao cinema, ao teatro, ou até mesmo quando se sentava em um banco de praça, procurava se certificar se Marco Caio não havia sentado a seu lado.

Por mais que investigasse, Júlio jamais encontrava algo que se aproximasse de uma resposta plausível à questão que sempre o atormentava: o que teria sido da sua vida se ele, aos seis anos, tivesse sido matriculado em outra escola; ou se o tivessem colocado em outra sala de aula; ou se ele, em vez de dominado pela timidez, após enfrentar momentos sofridos de indecisão, tivesse escolhido uma carteira mais no centro da sala, não aquela da última fileira; e se, por fim, na carteira ao lado, não estivesse sentado um menino alto e reto de nome Marco Caio?

No entanto, Marco Caio ali estava, com seus olhinhos vivos, seus pés enormes, que pareciam capazes de cobrir a distância da carteira até a porta da sala com apenas doze passos, suas mãos perturbadas, que arrumavam estrategicamente os lápis, ordenando-os de acordo com a combinação de cores — das mais fortes para as mais fracas —, todos apontados e alinhados acima do seu caderno em brochura, com capa de super-heróis desconhecidos para Júlio, incapaz que era de reconhecer herói algum. Em meio a tantas tonalidades daquele dia, há uma lembrança loquaz que persegue Júlio: o par de tênis sujo que Marco Caio usava no primeiro dia de aula. Tênis de quem vai à escola pronto para brincar e jogar com tudo e contra todos. Pronto para passar lições, mais que aprendê-las. Júlio hoje reconhece que, nesse dia, pela primeira vez, sentiu algo que muitos anos mais tarde teria nome e peso. Mas naquela época Júlio não dava nome a nada. Não media o peso das coisas, porque não carregava uma calculadora entre seus pertences. Júlio tinha a capacidade de ver o mundo até as cortinas fechadas do quarto. Mas não distinguia — ainda — nuances e fragmentos de luz e sombra entre bordados dependurados na janela.

Aos seis anos, desconhecendo a existência de um mundo além daquele vivido em seu quarto, Júlio começou a ir à escola. Na noite anterior ao primeiro dia de aula, arrumou na mochila velha algumas folhas amareladas que guardara dos embrulhos de pão, uma borracha usada, seis lápis de colorir mordidos na extremidade e um toco de lápis preto sem ponta. Um fato tão ingênuo que, no entanto, o levou a concluir que, se tivesse apontado seus lápis usados antes de guardá-los no estojo e os levado para a escola com a ponta afiada, tudo poderia ter sido diferente. E Júlio se lançou ao primeiro dia de aula como quem se atira da cama para abrir a janela do quarto ao acordar. Não percebeu, em momento algum, que é preciso ter uma estratégia definida antes de sair de casa com a mochila nas costas cheia de entulhos, de pegar o pão com manteiga deixado sobre a mesa, de calçar os chinelos de dedo e de caminhar pela estrada rumo à escola da cidade mais próxima. Júlio não sabia de coisas. Júlio não sabia das coisas. Júlio não sabia quem era Júlio.

Os dias foram se desenrolando, impulsionados pelos empurrões dados por Marco Caio. Graças a um desses empurrões dissimulados, Júlio quebrou dois dentes incisivos, o que o obrigou a ser um banguela precoce, até que os dentes permanentes nascessem, tortos, desalinhados, sem graça, acentuando o ridículo de sua aparência ao longo da adolescência e juventude, quando conseguiu reunir dinheiro suficiente para colocar um aparelho ortodôntico ridículo que proporcionou um primeiro beijo considerado ridículo por sua vizinha ao voltarem da escola. Certa ocasião, em virtude de um incentivo entusiasmado de Marco Caio, Júlio tropeçou no baile de formatura, projetando-se com corpo e copo de soda e gelo contra a garota mais popular da escola, que o xingou, gritando histérica até ser acudida por ninguém menos que Marco Caio, que a abraçou com mãos e dedos.

Marco Caio jamais desistia do amigo desafortunado. Atraiu-o para a vida acadêmica, convencendo-o de que sua inteligência abstrata o levaria a grandes elaborações teóricas, o que futuramente permitiu a Marco Caio tomar emprestadas, com certa frequência até, várias das credenciais dadas a Júlio, alcançando assim reconhecido sucesso profissional, cuja fonte de inspiração exclusiva era o pensamento introspectivo do seu eleito de infância.

Em meio a empurrões e quedas, Júlio atraiu a atenção da única mulher da equipe de pesquisadores da qual fazia parte. Cléo era encantadoramente tímida e frágil, o que contrastava com sua atitude pragmática. Insegura diante dos colegas de trabalho, aproximou-se sorrateiramente do único que não lhe representava perigo. E necessitando, mesmo que de maneira caótica, de toda a veneração e dedicação que apenas Júlio tinha condições de lhe dar, pediu-o em casamento poucos meses depois de se conhecerem. Na sequência predestinada da vida, Júlio foi empurrado para fora do leito matrimonial, que passou, de uma hora para a outra, a ser ocupado pelos olhos vivos, os pés enormes e as mãos perturbadas de Marco Caio.

Como questões intrínsecas permanecem refugiadas nos esconderijos da mente por tempo indeterminado, vinte e oito anos após a estrondosa entrada de Marco Caio em sua vida, Júlio encontra-se na situação titubeante de dar mais um único passo sobre a tábua flexível de um trampolim. Aguardando uma revelação, uma imagem ou, acima de tudo, um empurrão, Júlio não se recorda se conseguiu ou não aprender a nadar na infância; lembra-se apenas da presença de Marco Caio, dando-lhe cascudos ou passando-lhe rasteiras embaixo da água. Na borda do trampolim, cerra os olhos e se recolhe uma vez mais em sua indecisão. Neste instante, um único pensamento confuso domina sua mente: *Aos seis anos, abandonei a vida que deveria ter sido... A minha vida que não foi deixou de existir... A vida então que passou a existir deixou de me acompanhar.* Recorda o menino frágil e acanhado que havia sido. A sombra desse menino passou ora a persegui-lo, ora a projetar-se à frente ou além dele. Vacila.

Marco Caio. Onde está você agora quando Júlio, paralisado em um trampolim, tanto precisa do seu empurrão? O único empurrão necessário na história de uma vida?

Não importa, porque Júlio, tensionando a testa, se deixa invadir por pensamentos e sensações que, com a passagem dos anos, passaram a adquirir nomenclaturas e toneladas, e conclui: *Está na hora de empurrar Marco Caio para fora da minha vida.* E, sem hesitar, decide fazer a única coisa necessária. Apruma os ombros. Endireita o corpo. Impulsiona-o para cima e para baixo, dobrando os joelhos com firmeza e desenvoltura. Estende os braços para as laterais. Levanta os olhos. Respira fundo. Reclina a cabeça sobre o ombro direito. Fecha os olhos. Sente o coração bater — julga que é de triunfo. E balançando sobre o trampolim, como é devido a um menino livre, brinca com a imaginação e lança-se para a frente. O Júlio.

Salix babylonica

Hugo,

Ontem Vitor entrou em nossa vida. Maria Angélica passa bem e descansa agora, porque fez questão de ter o filho ao lado a noite toda. Só conheço bebês de revistas, e minha mãe sempre comentou que eu era calado quando nasci. Não sei se você sabe, quando estive na sua casa no ano passado e vi você rindo e jogando com os filhos, senti muita vontade de ser pai. Foi uma decisão consciente e minuciosamente planejada. E, um ano depois, cá estou. O bebê não ri nem joga, claro, mas tem um fôlego ensurdecedor. Imagino que seus filhos foram assim no início também, e que você teve alguma dificuldade, entre outras, para lidar com fraldas e tudo o que elas produzem. Mas não vejo a hora de o garoto parar de chorar e crescer para, quem sabe, um dia me apresentar aos amigos de escola.

Agora que me tornei pai, escrevendo esta carta, uma série de lembranças começa a surgir, como a daquele ano em que a professora teve a ideia de chamar os pais para falarem de suas profissões para a classe. Quase morri de ansiedade quando ela mencionou meu pai. Você, sentado do outro lado, lançou um avião de papel em minha direção, rindo da vermelhidão nas minhas bochechas sempre que meu nome era citado. Corri para casa para fazer o convite ao meu pai. Minha mãe riu histérica e debochou dele, como passou a fazer naquela época. Para minha sorte, embora não soubesse ainda o motivo, fazia dois meses que meu pai estava em casa, afastado. Nunca o vira tantos dias seguidos sem voar. Sabe como eu o chamava em meus pensamentos? Titã, desde o momento em que vi, no livro de história, a gravura de um gigante desses com a cabeça batendo nos planetas. Você há de concordar comigo que essa era a imagem que tínhamos do meu pai naquela época: alto, corajoso, forte, imbatível, pilotando entre nuvens. Você se recorda de quantas vezes contei as façanhas dele? Nenhum comandante subia mais alto com sua aeronave, voava mais rápido ou mais longe do que meu pai.

Não sei se você vai lembrar agora, depois de tantos anos, mas trago comigo cada detalhe daquele dia. Bem na data da apresentação, dona Mercedes enviou à escola um recado de que estava muito mal e não poderia comparecer à aula. Eu havia imaginado os detalhes daquela visita e não via a hora de exibir meu pai comandante para todos os alunos e professores. Ele me aguardava na sala de casa na hora marcada. Desci com o coração acelerado. Encontrei-o diante do espelho, rindo orgulhoso de sua imagem refletida. Estava de costas para mim e vestia seu uniforme de comandante, um casaco azul-escuro com quatro faixas amarelas na manga e um quepe embaixo do braço. Lembra como sonhávamos em ter um quepe daqueles? Ensaiei pedir um. Mas não tive coragem. Em vez disso, fantasiei que meu pai compraria um igualzinho ao dele para irmos à escola. Ambos éramos muito calados. Uma única vez vi meu pai eloquente. Foi numa tarde em que chegou em casa contando que assumira o comando de um Boeing 747. Nesse dia, ele baixou os olhos, colocou a mão na minha cabeça e me fez a promessa com que eu sonhava todos os minutos: me levar para visitar a cabine da aeronave em meu próximo aniversário. Morrendo de tanta felicidade, comecei a estudar tudo sobre o Boeing do meu pai, como segurar o manche, dominar todos aqueles botões, estar acima das nuvens e da tripulação. Seria o melhor copiloto que ele jamais tivera. Hugo, confesso que outro pensamento passou pela minha mente naquela hora: eu iria me gabar para você assim que te encontrasse no dia seguinte.

No caminho da escola, segurei firme a mão enorme do meu pai. Ele caminhava sério, pensativo, muito importante. E, toda vez que eu levantava os olhos, o sol parecia iluminar ainda mais a faixa amarela do seu quepe. Você estava na frente da escola me esperando para dar a notícia da ausência de dona Mercedes. Disse que eu não ficasse chateado, porque com certeza a professora iria marcar outra data. E foi embora para a fazenda ajudar seu pai. Embora não quisesse transparecer, confesso que fiquei inconsolado. Já meu pai, conformado, disse que preferia ficar andando pelas ruas a voltar para casa antes do almoço. Fiquei esperando que ele fizesse alguma coisa para me salvar daquela frustração. Que percebesse que sua visita à escola era muito importante para mim. Que fosse até lá e com uma voz de comando exigisse da diretora um auditório para a nossa apresentação. Que falasse sobre todas as suas façanhas e contasse a todo mundo que eu seria seu copiloto no meu aniversário. Que pousasse a mão no meu ombro, e sorrisse para mim, e me deixasse cheio de orgulho. Mas ele nada fez. Parecia não se importar. Soltei sua mão e caminhamos apáticos, sem comentar nada sobre o episódio. O sol batia em nossas costas e a sombra do nosso corpo ia se projetando à frente, ora se alongando, ora se retraindo. Ora de um, ora de outro. Paramos em um bar e ele pediu uma pinga e, para mim, um guaraná. Nada descia pela minha garganta. Mas ele devia estar muito feliz, você sabe, não é mesmo?, porque pediu outra pinga e mais outra e outra.

Sabe, Hugo, a memória é mesmo algo fantástico. Agora que narro os detalhes daquela manhã, vejo que os tinha guardado muito profundamente, porque a partir daquela época, quando passei a vivenciar a decadência da minha família — a partida do meu pai, a internação da minha mãe, a casa sóbria e fria da minha tia —, jamais pensei que aquele era para ser o dia mais feliz da minha infância. Lembro que não aguentei mais ficar naquele bar sujo. Levantei e fui para a praça em frente, e deitei no meio daquela quadra em que jogávamos bola — gostávamos tanto daquele lugar, não? Você já tinha mencionado várias vezes os nomes de todas aquelas árvores e até havia me emprestado o livro de botânica do seu pai, que trazia também as imagens delas, mas jamais pensei que os havia guardado porque, confesso, nunca prestei muita atenção. Vimeiro. Ingá-feijão. Jeniparana. Chal-chal. Pimenta-de-macaco. Falso-barbatimão. Pau-formiga. Andiroba. Amendoeira-da-praia. Ipê-rosa. Capororoca. Liquidâmbar. E repetia. E repetia. Tanto que às vezes parecia que estava cantando algum tipo de música ou então me divertindo com aqueles nomes engraçados. Ingá-feijão. Chal-chal. Pimenta-de-macaco. Capororoca. E a minha preferida: a *Salix babylonica*. Você sabia que essa árvore pode alcançar até vinte e cinco metros de altura? E que, apesar de toda essa ousadia, ela não dura muito? Seu caule é elegante, mas meio torto, com uma madeira frágil que vai rompendo com os anos. Por outro lado, uma coisa que me surpreendeu, quando li no seu livro, é que seus rebentos, apesar de delgados e longos, são muito flexíveis, chegando a tocar o solo, formando uma copa arredondada. Eles raramente se quebram.

Depois de algum tempo devo ter caído em um sono profundo, porque não vi a manhã passar e fui acordado pela sombra do meu pai nos meus olhos. Voltei para casa. Ele seguia cambaleando alguns passos atrás. Seu quepe ficara no bar. Ao chegar, fui logo estudar aquelas árvores em seu livro de botânica.

Por sinal, Hugo, outro dia encontrei o livro em casa, no fundo de uma gaveta, e gostaria de devolvê-lo. Pensando bem, será que posso ficar com ele mais um pouco? Você sabe que nem nos livros indicados da faculdade encontrei imagens tão nítidas? Gostaria de mostrar algumas dessas árvores ao jardineiro para ele plantar no quintal de casa. Quem sabe já não estarão frondosas quando meu filho crescer e for brincar lá fora.

Bom, encerro esta carta aguardando também notícias da sua vida na fazenda. A distância que nos separa nunca foi grande, você sabe. Portanto apareça para conhecer o meu guri.

Abraço amigo,

Lucas

C AO QUADRADO

ENCURVADO, CASTILHO NÃO PERCEBEU seu braço se estendendo em direção à lousa. Nem o pequeno alargamento da mão enrugada, semidobrada sobre três dedos selecionados para envolver o giz: o indicador pressionando o objeto cotidiano para baixo, enquanto os dedos polegar e médio o apoiavam nas laterais. Seu sangue brigava para encontrar passagem nas veias conforme ele ia escrevendo a inevitável fórmula $E = mc^2$, que o fazia recordar sua família. Estela, energia atômica, mulher solar que, um dia, como uma estrela cadente, mudara a sorte de sua vida e agora havia se reduzido ao brilho de um astro distante bilhões de anos-luz, resignada ao universo do filho de massa encefálica inútil, essa matéria sólida e pastosa intrometida em seu casamento, fazendo com que inevitavelmente se lembrasse da noção real do peso de um corpo.

Naquela manhã, ao sair para o trabalho, lançou da porta um olhar apressado à mulher. Ela sorria para o filho, e o menino sorria para ele... e grunhia. O menino, a quem a mulher dedicava todo o afeto que possuía, e cujo raciocínio jamais desenvolveria qualquer fórmula capaz de explicar aquela equação mal resolvida em sua vida. Castilho já havia desistido de elaborar uma solução plausível que explicasse a aleatoriedade desse efeito sem causa. Um dia acabou por concluir que não seria ele, Castilho — o *c* da equação —, quem conseguiria dar um salto quântico, elevando suas teorias acima de qualquer coisa descoberta nos meios acadêmicos.

No caminho, alguns minutos no bar para tomar o café da manhã e, em um gole de aguardente, apaziguar o tremor matutino das mãos. Depois a rotina. A mala velha de couro pendurada na mão direita, acompanhando os passos, balançando largada num contrapeso ao movimento esquerdo do corpo. Cabeça tombada para baixo, a mesma calçada. Para cima, ruas com placas desnecessárias. Ao lado, esquina. Nada à direita. À esquerda carro vermelho, carro velho, carro grande. Tempo de espera, sinal, travessia — e o som abafado e impactante de uma freada brusca em frente à escola. Entorpecido pelo som inesperado, viu uma multidão correr e se aglomerar ao lado do carro, enquanto Christian, o éter na tabela periódica em que Castilho classificava todos os alunos, se abaixava com braços decididos a salvar um cãozinho atropelado, ou aquilo que sobrara de mais uma de suas urgências humanitárias. Examinou os movimentos de Christian e sentiu cansaço. Resolveu prosseguir. Na escadaria, tumulto; na sala dos professores, conversas sem interesse. Sinal. E, mais uma vez, Castilho rabiscaria na lousa a fórmula que não facilitava sua vida.

Quando jovem, apaixonara-se pela fórmula. Todo o mistério da existência em uma simples equação. E a compreensão complexa de que o tempo desacelera conforme mais rápido o movimento. Mergulhava no laboratório em uma busca obsessiva para conquistar o prêmio de cientista mais jovem da universidade. Estudava em todas as horas despertas, e nas sonolentas bebia café. Questionava fórmulas clássicas e reconstruía o universo em uma noite. Vivia em uma realidade paralela, muito próxima ao buraco negro presente em seu universo estudantil, até o dia em que conheceu Estela, meiga, olhos vivos, sorriso aberto e braços de pelúcia. A luz percorreu o espaço entre sua mente e o local em que havia uma concentração de batimentos denominados cardíacos em uma velocidade sem limites. Os cachos loiros de Estela passaram a dominar seu pensamento. Ao menor toque do dedo indicador, o cacho se alargava, aumentava e, enroscando-se em seu dedo, comprimia-o como se quisesse devorá-lo. O coração de Castilho começou a abrigar a colisão alucinada de novos átomos até então desconhecidos nos compêndios, e seu órgão pulsava de acordo com os descompassos do universo. Jorrado para essa nova dimensão, o tempo, enigma de todas as horas, passou a ceder diante de suas imposições juvenis: congelou no primeiro beijo que trocaram; dançou nas fotos do baile de formatura; cantou a marcha nupcial, para então explodir todos os ponteiros do universo durante os sete dias de lua de mel banhados pelo perfume de Estela; e aos poucos se harmonizou nos primeiros anos de casados, hipnotizando-o em um estado febril de ansiedade ao longo dos nove meses de gestação do filho. Foi quando o tempo, reassumindo sua complexidade, se vingou, real e fatídico, incorporando-se na paralisia do menino que não se dobrava diante de imposição alguma e ia se desenvolvendo no ritmo que lhe pertencia.

Último sinal. Christian entrou angustiado na sala de aula e encontrou todos os mesmos alunos amortecidos. Dirigiu-se à carteira e sentou-se subalterno. Tentou explicar ao professor que precisava acudir o cãozinho que estava morrendo na rua e suplicou que não lhe desse falta dessa vez. Iria dedicar-se à matéria, aprender as fórmulas e fazer os trabalhos. Prometia. Juraria, se fosse preciso. Dessa vez era pra valer. Seria o aluno que o professor esperava. Não o decepcionaria no exame final. Mas o cãozinho estava muito machucado e gemendo de dor. Precisava salvá-lo. Não podia perder tempo com a aula.

Perder tempo, Christian? E você lá sabe alguma coisa sobre a elasticidade do tempo? O tempo é uma ilusão, Christian. Você passou o curso inteiro olhando pela janela, sonhando com o futuro imediato após enfadonhos quarenta e cinco minutos de aula, burilando na mente a noite passada com a namorada, enquanto eu, Christian, eu!, eu estava aqui, na frente desta classe inútil, tentando fazer com que sua mente sonhadora entendesse a equivalência entre energia e massa e a relação com a velocidade da luz no vácuo, perdendo, isso sim, meu tempo e energia com sua massa encefálica irracional solta no vácuo do seu cérebro. O que é o tempo, Christian? Seu raciocínio é rápido o suficiente para me responder? Você sabe me dizer, depois de um ano frequentando minhas aulas?

Mas o tempo não atende apelos, não sucumbe a favor de teorias alheias nem se intimida diante de reprimendas. Não admite correções. Faz-se de surdo enquanto marca o compasso dos ponteiros, ou determina a pausa em uma melodia antes do início da próxima nota, ou anuncia seu fim.

Pelos eventos que sucederam ao desabafo de Castilho, conclui-se que o professor não teve condições de analisar o fenômeno físico desencadeado em seu corpo em meio à sensação de aperto na caixa torácica, seguida de uma dor incontrolável que se estendia pelo braço esquerdo. Também não teve tempo de anotar as reações físicas, ou a ausência delas, ao longo de cada fase que antecedeu sua queda. Ao apertar os olhos, Castilho não percebeu as sobrancelhas se aproximando nem notou que, quanto mais os apertava, mais próximas ficavam, mal escondendo a falha na extremidade interna da esquerda; não previu três vincos profundos surgindo na testa nem investigou o princípio da simultaneidade das dobras faciais que se aprofundavam, enquanto o canto dos olhos produzia rugas abundantes em uma corrente magnética. Se Castilho não estivesse tão concentrado em sua dor, teria se interrogado quanto à produção de dois sulcos curvilíneos ligando a base do nariz à boca; embora paralelos, os sulcos não se revelavam simétricos e muito menos retilíneos. Também não teve condições de desenvolver uma teoria que explicasse por que fenômenos corporais dessa natureza evoluem para a manifestação de um urro de dor expelido pela boca, que na verdade, nesse momento, parecia um fóssil rígido sobre o queixo contraído. Castilho não reparou quando seus braços se dobraram e as mãos pousaram firmemente sobre o peito esquerdo. Outro fato curioso que Castilho não pôde considerar foi o encontro forte, sobre seu coração, da mão direita com o dedo anular esquerdo em torno do qual resistia a aliança de casamento, justa, dourada, sem brilho, como o cacho desbotado de Estela. Castilho emitiu um segundo urro, que coincidiu com o surgimento de uma segunda pontada, levando seu rosto a se contrair mais uma vez. Nem por isso identificou gotas de suor surgindo sobre a testa ou o frio intenso percorrendo o corpo, mas abriu os olhos e, pela primeira vez em todos estes anos, comprovou o movimento de rotação da sala. Cientista que era, nunca havia se dado conta de que esta já há muito acompanhava a rotação da Terra. Enquanto pesquisadores do mundo inteiro discutiam a diferença entre lei e teoria da gravidade, a cabeça de Castilho, longe dos debates, experimentava a força gravitacional na prática, tombando sobre o ombro esquerdo, o que acabou por forçar a inclinação do membro superior para o lado. Os neurônios em choque, devido ao desalinhamento cerebral, não observaram os joelhos impulsionando o corpo em direção ao solo. No entanto, esses mesmos neurônios ainda tiveram tempo de lhe enviar um aviso interno para que retirasse a mão direita apoiada sobre a esquerda, amortizando assim a queda de Castilho. O gesto brusco fez com que a aliança se liberasse do dedo anular, o qual, em direção ao chão, esbarrou no bolso do paletó, rasgando-o e soltando, em queda livre, a foto do menino feliz e abobalhado que lhe sorria.

Christian não sabia que, em uma fração mínima do tempo de sua vida, entenderia na prática o que em tese as aulas de física do professor Castilho tentavam entulhar em sua mente. Christian empurrou a carteira e se levantou, seus olhos cruzaram com os do professor, uma corrente elétrica veio em forma de um último sopro gelado do hálito daquele corpo que desabava. Compreendeu então que a vida de todo ser humano navega por dois fenômenos das leis da física. Transitando entre esses dois campos excludentes, Christian poderia: 1º) optar por aparar a queda de Castilho e, após pousar o corpo estático, expirar seu hálito para os pulmões do professor e receber apenas inércia em troca, confirmando a atração de polos opostos, cujo fenômeno elétrico é de natureza efêmera, dissociável; 2º) provar o fenômeno da atração magnética, que se realiza de maneira significativa apenas com o que é de sua seleção e cuja natureza intensa é afeita ao que é duradouro, inseparável.

Nesse momento, apoderando-se da lei da física que lhe era própria, Christian, ereto, deixou para trás um corpo sem vida que acabara de comprovar a lei da gravidade. Uma nova lei precisava ser elevada. Lá fora, um cãozinho grunhia.

Ele Morgan, ela Vivian

Ele, Morgan

São apenas folhas mortas espalhadas, o que faz muito sentido depois deste inverno rigoroso, deste ar seco e frio que há dias invade todos os ambientes. Há melancolia no céu cinzento. Agora mesmo uma ventania fez com que as folhas rodopiassem pelo pátio da clínica, arrastando-as para longe. Normalmente acho que tudo fica mais interessante quando despido, com exceção dessas árvores sem folhas... com exceção daquela folha que resiste ridícula, balançando enlouquecida, sem cair do galho. Aqui dentro apenas vazio e silêncio; lá fora gritos vindos de alguma passeata. Tudo neste mundo barulhento tende a se render. Governos, velhos, sonhos... por que não aquela bendita folha?

Já é a terceira manhã que venho a esta clínica. Finalmente minha mãe recebeu o diagnóstico. Agora posso esquematizar algum plano para a minha vida aprisionada há seis meses a essa indefinição. Mas minha mãe não tem pressa... Está no toalete há exatos doze minutos. Será que ajeitando o cabelo na cabeça careca? Não, Morgan, agora não é hora para piadinhas. Que gravata apertada... Não quero perder tempo em tirá-la para ter que colocá-la daqui a pouco, antes de ir ao trabalho.

— Vamos, meu filho?

Nunca entendi esse sorrisinho infantil da minha mãe. Passou a vida inteira brincando de viver, cantando nas horas erradas, dançando boleros com velhinhos capengas nos fins de semana, lendo poesia para os doentes nos hospitais, fazendo meditação todas as manhãs, criando receitas horrorosas que provocavam nela a maior gargalhada quando eu fazia caretas para engolir. Bom, pelo menos se ocupava, o que para mim era um grande alívio. E esse raciocínio compensava a irritação que a leviandade da minha mãe me causava.

Não ultimamente. Suas maluquices estão se intensificando.

— Você me empresta seu braço um pouquinho pra descermos a escada?

Como é leve... Mal sinto o toque de sua mão no meu braço.

— Quer tomar um café antes que te coloque em um táxi?

— Hum! Acho que vou aceitar um chá com bolo.

— Ali, em frente ao lago, tem uma cafeteria.

Ela bate palmas como uma criança diante de um parque de diversões. Antes de sair da clínica abotoo meu casaco e coloco o cachecol para me proteger. Minha mãe carrega o casaco sobre o braço que não está apoiado no meu.

— Quer ajuda?

— Não precisa. Quero sentir um pouco o vento lá fora...

— ...

Empurro a porta da clínica. O som da passeata é ensurdecedor. Esta crise tem afetado meus negócios. Não estou conseguindo driblar a ansiedade e as preocupações. Como vou...

— Filho, quem será que vai cair primeiro, a inflação ou eu?

Como ela pode ser espirituosa numa hora dessas? Só agora entendo o que meu pai passava entre a pressão da empresa e as excentricidades da minha mãe. Semana passada ela veio com uma conversa de que estava sendo acometida por percepções extrassensoriais ou algo do gênero, o universo estava se descortinando, despertando-a para um encantamento que nunca havia tido. Riscava o fósforo e sentia o cheiro da cor vermelha. De repente as cores passaram a ter aroma? Depois ouviu o barulho de um arco-íris quando ele bateu no chão! Como meu pai lidava com isso? Felizmente, para meu pai, ele viajava muito a trabalho, enquanto minha mãe se ocupava de mim, que nunca dei muita bola para suas bobagens. Mas hoje estou sozinho, cheio de preocupações, e tenho ainda de lidar com sua alienação e suas percepções sobre o universo.

— Filho, veja que linda a luz prateada passando entre as nuvens! Parece uma varinha mágica que alguém enviou à Terra para nos abençoar. A luminosidade está caindo sobre o pátio da clínica. Vamos lá para sermos tocados por ela?

Coloco os óculos de sol.

— Vivian, preciso voltar pro trabalho. Vamos tomar logo nosso café, ok?

Ao entrar, Vivian pede para sentar a uma mesa que dá vista para o lago. Depois, adiciona mais um detalhe, agora bastante inconveniente: no terraço.

— Mas está muito frio lá fora, Vivian.
— Você vai tomar um café quentinho e logo poderá ficar aquecido. Por favor... Faça esse sacrificiozinho por mim, só hoje... Tenho uma coisinha importante pra te dizer.

Sentamos um de frente para o outro. Um vento gelado sopra em nossa direção e minha mãe ajeita o lenço na cabeça, girando a cadeira um pouco mais para poder ver o lago. Minutos depois vira-se assombrada, olha nos meus olhos e sorri.

— Do que você está rindo, Vivian?
— Você ouviu?
— O quê?
— O lago está cantando!
— ...? Garçom, dois expressos, por favor. Ah! Já traga a conta também.

Minha mãe fixa o olhar em mim com pesar e segura minha mão, sorrindo.

Depois de engolir o expresso e pagar a conta, saímos da cafeteria e, enquanto abro a porta do táxi, ela toca meu rosto e diz em voz baixa que precisa me confessar um segredo:

— Filho, levei a vida inteira para acreditar que posso tocar e ser tocada.

Fico aturdido olhando o táxi se afastar, buscando decifrar o que minha mãe quis dizer. Tentando compreender por que, ao ser tocado, meu coração tombou. Sinto-me acometido por um torpor, que começa a derreter meus pensamentos, e pela mesma melancolia do início da manhã, no pátio da clínica. Sem norte, volto à clínica e sento-me em algum banco sólido. Uma luz intensa fere meus olhos. Procuro os óculos, mas os esqueci na cafeteria. Não tenho vontade de retornar; a mesma letargia toma conta dos meus membros.

As folhas secas, espalhadas, rodopiam ao meu redor. Ergo os olhos e deixo minhas retinas serem tocadas pela luminosidade que atravessa as nuvens. Ao baixá-los, minha visão passa pela folha solitária, balançando com a força do vento. Levanto-me, vou até a árvore e penso em arrancar essa folha resistente do galho, mas meus dedos não me obedecem e a tocam com suavidade, deslizando sobre sua superfície, sentindo os sulcos. Subitamente minha vida acontece em um único instante: meus lábios cheiram a cor da folha e meus olhos sentem a batida do seu coração.

Anos se passarão até que eu possa, enfim, reconhecer que foi nesse exato momento que o curso da minha vida se alterou para novas margens e um novo destino foi inventado. Foi no instante em que, ao tocar aquela folha resistente na ponta do galho, despertei-a, e ela se inclinou para mim e, em reverência, cochichou em meu ouvido:

— Obrigada!

Ela, Vivian

Saíram da clínica insólitos. Ela, leve. Ele, ansioso. Era uma tarde fria e cinzenta. Ao descer a escadaria em frente ao prédio, Vivian percebeu uma luz prateada que insistia em passar por entre as nuvens. Deteve seu passo e a procurou. A luz se esvaiu sem ruídos ou despedidas, na tentativa de realizar seu espetáculo em algum outro lugar, próximo ou distante, quem sabe no pátio da clínica. Por um instante Vivian se sentiu em paz. Já há alguns dias vinha sendo acometida por percepções delicadas.

Semana passada talvez, no fim de uma tarde monótona, esgotada de folhear seu álbum íntimo, levantou-se da poltrona para esquentar água para um chá. Encheu a chaleira e, ao riscar o fósforo, ficou maravilhada com o cheiro da cor vermelha. Nunca sentira o aroma de um brilho tão intenso. Até um segundo atrás era apenas um fósforo pálido com uma das pontas enegrecida. E agora, puro milagre. Com mãos trêmulas, preparou o chá. "Ouvi dizer que é em momentos de distração que a vida se revela. E eu tenho sido tão pouco distraída..."

Ultimamente vivia paralisada por lembranças da infância. Os medicamentos a deixavam indisposta para qualquer outra tarefa, mas a mente se entregava a ela com diligência, para que pudesse se distrair e não pensar sobre a escuridão. Normalmente agradecia a essa companheira tão eficiente, que nunca a deixara na mão nos momentos mais significativos da vida. Mas agora não lhe ocorria nenhuma forma de agradecimento — apenas o silêncio de sua não resposta.

Subiu os degraus e entrou no quarto escuro. Havia chovido a tarde inteira. Então optou por um pouco de luz e a varanda lhe proporcionava uma boa visão do quintal. Ainda sob o impacto das sensações recentes, dirigiu-se, com a xícara de chá nas mãos, à sacada do quarto. Empurrou lentamente com uma das mãos a porta de madeira e deparou com um arco-íris descendo calmo pelo céu, atravessando nuvens transparentes e estendendo-se vagarosamente no horizonte. Ela acompanhava esse percurso, quando de repente um estrondo gigantesco e pesado se fez. Tampou os ouvidos, piscou os olhos várias vezes e, olhando ao redor, buscou alguma outra possibilidade distinta daquela que vislumbrara da varanda. Um arrepio percorreu sua espinha até alcançar a base do pescoço. Estava na presença de algo sublime. O pensamento desvencilhava-se do cérebro e despencava na boca, provocando um sabor agridoce que lhe permitiu apreciar tudo o que era inverso. Jamais sua vida a havia homenageado tão escandalosamente. Soube então que ouvira o som do arco-íris batendo no chão. Fez uma reverência.

À noite, Morgan chegou nervoso. Dia cheio de imprevistos. Problemas com clientes. Contas vencidas. Indecisões sobre impostos. Aplicações se esvaindo. O estresse do inesperado. Não teve nem tempo de almoçar. Vivian tentou resgatar a mente prática do filho da penumbra das experiências vespertinas e o convidou para experimentar uma nova receita, chamada "frango estrambólico".

— Hoje aconteceram duas coisas estranhas — disse baixinho.

— É?

— ... será que os medicamentos estão afetando meu estado mental?

— Não havia essa possibilidade na bula.

— Eu sei, mas percebi duas coisas que nunca havia percebido.

— O quê?

— Quando risquei o fósforo, senti o aroma do vermelho.

— Como assim? — Ele fingia distração.

— Não sei explicar. Só sei que o vermelho tem um cheiro diferente.

— Vivian, você não está ajudando.

— Eu sei, mas...

— E a outra coisa?

— Ouvi um estrondo quando o arco-íris bateu no chão.

— ...

— Foi maravilhoso!

— ...

— !

— Vivian, acho melhor você comentar isso com o dr. Frederico na próxima consulta. Quando será?
— Semana que vem. Quer saber como era o som?
— O som?
— Sim, o som do arco-íris ao bater no chão. Estranho... Foi tão alto e potente, mas a terra nem tremeu...
— ...
— Você não acha estranho?
— Já são dez horas. Preciso ir embora. Amanhã meu dia vai ser cheio.
— ...

Queria tanto contar a ele suas descobertas... Compreendera que, o tempo todo, coisas que ela nunca percebera aconteciam... a lágrima de uma passarinha ao notar que o ovo que estava chocando havia dias no ninho em frente à janela da sala se espatifou no chão; ou como o vento ficava fininho quando passava entre os galhos dos ipês no seu quintal; ou as folhas rodopiando em volta dela como se a estivessem abrigando do frio com fios de um novelo de lã tramado pelo oxigênio.

Na semana seguinte foi à consulta na clínica do dr. Frederico. Depois de repassadas perguntas e respostas de rotina, tentou introduzir o assunto na conversa, mas foi interrompida por Morgan, que se levantou, estendendo a mão ao médico:

— Bom, obrigado, doutor. Tenho que voltar ao trabalho. Vivian continuará com o tratamento e semana que vem repetirá os exames.

— Até logo, Vivian.

— Adeus, doutor.

Ao sair do toalete, percebeu o filho preocupado e pensativo olhando o pátio da clínica pela janela. Gostaria de fazer algo por ele, mas sentiu que nunca soube cativá-lo. Que ela o irritava profundamente. Dirigiram-se à cafeteria do outro lado da rua. Entraram e procuraram uma mesinha para dois.

— Morgan, gostaria de sentar naquela mesinha lá fora, de frente pro lago.

— Mas está muito frio lá fora, Vivian.

— Por favor... Tenho uma coisinha importante pra te dizer.

— Tá bom — resmungou, mal-humorado.

Sentaram um de frente para o outro. Vivian ajeitou o lenço na cabeça e girou a cadeira um pouco mais para poder ver o lago. Um sorriso tímido surgiu em sua face pálida.

— Do que você está rindo, Vivian?

— Você ouviu?

— O quê?

— O lago está cantando!

Agradecimentos

HÁ NA MITOLOGIA GRECO-ROMANA três deusas, conhecidas como Cárites ou Graças, que representam a fertilidade, a boa vontade, a criatividade humana e a alegria. Aglaia é aquela que simboliza a claridade, o poder criativo; Eufrosina, a que alegra o coração; enquanto Tália é a que faz florescer. São representadas em pinturas renascentistas como jovens virgens, dançando juntas e exalando as três fases do amor: o encontro com a beleza, o despertar do desejo e o alcance da satisfação. São elas que oferecem aos artistas e aos poetas a bênção para que possam realizar sua obra. Quando visitados pelas Cárites e agraciados com suas dádivas, os mortais percebem que a vida é tecida por mãos misteriosas e que a obra se realiza graças à generosidade desses seres míticos.

Desde que decidi reunir meus contos em uma coletânea, tenho sido visitada por esses seres dadivosos em fases diferentes do meu processo de escrita. A princípio me surpreendi com a acolhida e a disponibilidade. Com o tempo, a surpresa passou a dar espaço ao encanto com a gentileza que surgia de pessoas as mais inesperadas. Descobri que as Cárites se manifestam de várias formas — às vezes durante o plantio, outras ao longo da colheita —, todas elas necessárias e bem aproveitadas por quem entende que a terra precisa ser preparada e revolvida com obstinação. E que só é possível se lançar ao futuro tendo um olhar de gratidão para o passado.

Ao entregar *De folhas que resistem* para publicação, não poderia deixar de agradecer às Aglaias que me ensinaram o sentido do trabalho crítico e incansável: a Noemi Jaffe e a Flavio Cafiero, meu profundo agradecimento por me ajudar a laborar a terra, revolvendo-a e limpando-a de ervas daninhas.

Jamais teria sido capaz de olhar para o plantio e perceber que havia chegado a hora da colheita se não estivesse cercada de boas semeadoras, como minha amiga e leitora cativa Vera Pellegrini, a quem agradeço por todo o incentivo nas horas de tempestade, por toda a vibração a cada conquista. Agradeço também às minhas companheiras de trabalho Ana Paula Gomes, Rayana Faria e Gabriela Adami, cujos profissionalismo, competência e comprometimento com o livro tanto admiro, e a Mônica Rinaldi; muito obrigada por emprestarem seu olhar minucioso ao meu texto. À professora Sandra Vasconcelos: nossas trocas ficarão sempre registradas em minha memória; sua percepção aguçada trouxe clareza; sua paixão pelas entrelinhas e pelas metáforas me encantou.

Nossa literatura possui autores e autoras magistrais, que nos propiciam o verdadeiro sentido da relação universal e atemporal estabelecida entre a obra e o leitor e a leitora. Fui agraciada por três dessas Eufrosinas, que tanto alegraram meu coração, enquanto, ainda indecisa, consultava os céus para saber se era hora da colheita ou se seria melhor esperar, quem sabe, a próxima vida. Do Olimpo, José Castello, João Anzanello Carrascoza e Luiz Antonio de Assis

Brasil vieram a mim e me presentearam com a leitura dos meus contos e com textos e incentivos tão generosos que motivaram esta mortal a empacotar sua safra para enviá-la a uma editora. A vocês minha gratidão, a mais profunda que uma mortal poderia sentir.

E foi na pessoa do editor Mauro Palermo, da Globo Livros, que encontrei a acolhida afetuosa e buscada. Um editor capaz de se manifestar atento aos sonhos escondidos atrás dos textos. Jamais esquecerei o sentimento de esperança com que me presenteou quando disse que havia começado a ler os contos. Igual acolhida recebi do editor do selo Biblioteca Azul, Lucas de Sena, profissional competente e cuidadoso com cada etapa do processo editorial, parceria sensível tão necessária e fundamental. A vocês, Tálias em forma de editores, deixo meu profundo agradecimento pela oportunidade de ter minha obra publicada.

Por fim, meu agradecimento primogênito e vital ao meu marido: Murilo, você soube e por isso eu acreditei. Obrigada por sua fé, por sua presença, por sua sabedoria. Elas resistem em mim.

ESTE LIVRO, COMPOSTO NA FONTE FAIRFIELD
FOI IMPRESSO EM PAPEL PÓLEN 70 G/M² NA EDIGRÁFICA.
RIO DE JANEIRO, BRASIL, EM SETEMBRO DE 2021.